D1722072

ALTIN
KİTAPLAR

KİTABIN ORİJİNAL ADI
WHERE THE MOUNTAIN
MEETS THE MOON

YAYIN HAKLARI
© GRACE LIN
AKCALI TELİF HAKLARI AJANSI
ALTIN KİTAPLAR YAYINEVİ
VE TİCARET AŞ

KAPAK RESMİ
GRACE LIN

KAPAK TASARIMI
ALISON IMPEY

BASKI
1. BASIM / TEMMUZ 2012 / İSTANBUL
9. BASIM / HAZİRAN 2017 / İSTANBUL
ALTIN KİTAPLAR YAYINEVİ
MATBAASI

ISBN 978 - 975 - 21 - 1514 - 9

ALTIN KİTAPLAR YAYINEVİ
Göztepe Mah. Kazım Karabekir Cad.
No.: 32 Mahmutbey - Bağcılar / İstanbul
Matbaa ve Yayınevi Sertifika No.: 10766

tel.: 0.212.446 38 88 pbx
Faks: 0.212.446 38 90

http://www.altinkitaplar.com.tr
info@altinkitaplar.com.tr

Grace Lin

Türkçesi
Eda Aksan

ROBERT İÇİN

ALVINA, CONNIE, LIBBY, JANET,
ANNEM, BABAM VE ALEX'E
ÇOK TEŞEKKÜR EDERİM.

1. BÖLÜM

Bir zamanlar buradan çok uzaklarda, Yeşim Nehri'nin ardında, gökyüzünü âdeta sivri uçlu bir metal gibi kesen uğursuz bir dağ vardı. Köylüler ona Verimsiz Dağ derlerdi, çünkü üzerinde hiçbir şey yetişmezdi. Kuşlar dahil hiçbir hayvan oraya yuva yapmazdı.

Verimsiz Dağ ile Yeşim Nehri'nin buluştuğu yerde soluk gölgeler altında kalmış bir köy vardı. Bunun nedeni köyün etrafındaki toprakların sert ve verimsiz olmasıydı. İnatçı topraklardan çeltik elde edebilmek için tarlaların suyla kaplı olması gerekiyordu. Köylüler her gün çamurun içinde bata çıka çalışmak zorundaydılar. O kadar çok çamurla haşır neşir oluyorlardı ki, çamur her yere sıçrıyor ve yakıcı güneş altında kuruyup elbiselerine, saçlarına yapışıyor hatta evlerinin içine kadar giriyordu. Zamanla köydeki her şey kurumuş çamurun soluk rengine bürünmüştü.

Bu köydeki evlerden biri o kadar küçüktü ki, çatıdaki tahtaları âdeta bir iple birbirine bağlanmış birkaç kibrit çöpünü andırıyordu. Ev, bir masanın etrafında üç kişinin güçlükle sığabileceği büyüklükteydi. Evin bu kadar küçük olması aslında iyiydi, çünkü bu evde zaten sadece üç kişi yaşıyordu. Bunlardan biri de Minli adında genç bir kızdı.

Minli köyün geri kalanı gibi kahverengi ve soluk benizli değildi. Pembe yanakları, parlak siyah saçları ve her zaman maceraya aç merakla parıldayan gözleri vardı. Bir de yüzünü aydınlatan gülümsemesi. İnsanlar onun canlı ve hareketli hâlini gördüklerinde, *hızlı düşünme* anlamına gelen adının ona çok uyduğunu düşünürlerdi. Annesi, Minli'nin hareketlerine bakıp, "Fazla uyumlu bir isim." derdi.

Annesi her şey için şikâyet ederdi. Kaba giysilerini, harap evini ve olmayan yiyeceklerini düşünüp asık suratıyla durmadan iç çekerdi. Minli, annesinin iç çekmediği bir an hatırlamıyordu. Hatta kendisine *altın* ya da *zenginlik* anlamına gelen bir ad verilmiş olmasını dilediği zamanlar bile oluyordu. Çünkü Minli'nin ailesi, köy halkı ve çevredeki topraklar gibi çok fakirdiler. Ancak kendilerini doyurabilecek kadar pirinç toplayabiliyorlardı. Ve yegâne varlıkları üzerinde beyaz bir tavşan deseni olan mavi pirinç kâsedeki iki bakır paraydı. Paralar ve kâse Minli'ye bebekken verilmişti ve kendini bildi bileli ona aitti.

Minli'nin köyün geri kalanı gibi soluk ve kahverengi olmasını engelleyen tek şey, babasının her akşam ona yemekte anlattığı masallardı. Minli'nin gözleri o kadar merak ve heyecanla parıldardı ki, annesi Ma başını iki yana sallarken onun bu hâline gülümsemeden edemezdi. Babası Ba'nın soluk rengi ve yorgunluğu âdeta uçar giderdi. Masal anlatmaya başladı mı siyah gözleri, güneşteki yağmur damlaları gibi parıldardı.

Ma yalnızca pirinçten oluşan yemeklerini kâselere dağıtırken Minli, "Ba, Verimsiz Dağ'ın masalını yine anlat." dedi. "Neden topraklarında hiçbir şey yetişmediğini bir daha anlat lütfen."

"Ah Minli." dedi babası. "Bu masalı defalarca dinledin. Çok iyi biliyorsun."

"Lütfen tekrar anlat Ba." diye yalvardı Minli. "Lütfen."

"Pekâlâ." diye karşılık verdi Ba. Yemek çubuklarını eline alırken gülümsemesi tam da Minli'nin sevdiği gibi ışıl ışıldı.

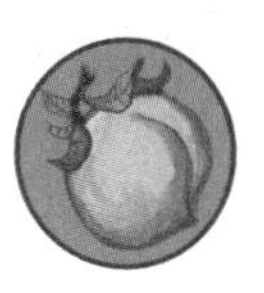

VERİMSİZ DAĞ'IN MASALI

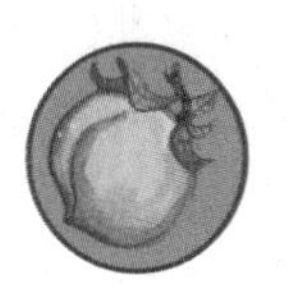

Dünyada hiçbir nehrin bulunmadığı zamanlarda bulutların efendisi Yeşim Ejderha'ydı. Ne zaman ve nereye yağmur yağacağına ya da yağmayacağına o karar verirdi. Sahip olduğu güç ve dünya üzerindeki insanların ona gösterdiği saygıyla gurur duyuyordu. Yeşim Ejderha'nın dört çocuğu vardı: İnci, Sarı, Uzun ve Siyah. Bu ejderhalar büyük, güçlü, güzel ve iyi kalpliydiler. İşlerinde Yeşim Ejderha'ya yardım ederlerdi. Ve ne zaman gökyüzünde beraber uçsalar Yeşim Ejderha'nın içi çocuklarının varlığıyla sevgi ve gururla dolardı.

Ancak bir gün, tam Yeşim Ejderha yağmuru sonlandırıp bulutları oradan uzaklaştırdığı sırada birkaç köylü arasında geçen konuşmayı duydu.

"Ah, Tanrı'ya şükürler olsun, yağmur sonunda dindi." dedi adamlardan biri.

"Evet." diye onayladı diğeri. "Yağmurdan çok sıkıldım. Bulutlar dağıldığı ve sonunda güneş çıktığı için çok mutluyum."

Bu sözler Yeşim Ejderha'yı öfkeye boğdu. Yağmurdan sıkılmak ha! Demek bulutlar dağıldığı için mutlusunuz öyle mi! Yeşim Ejderha duyduklarına çok içerlemişti. Nasıl olur da köylüler ona bu şekilde saygısızlık ederlerdi?

O kadar incinmişti ki, bir daha asla yağmur yağmasına izin vermemeye karar verdi. İnsanlar sonsuza kadar güneşin tadını çıkarabilirler, diye düşündü Yeşim Ejderha öfkeyle.

Tabii ki bu dünya üzerindeki insanlar için çaresizlik anlamına geliyordu. Güneşin göğe yükselmesi ve asla yağmur yağmamasıyla birlikte, kuraklık ve kıtlık topraklara yayılmaya başladı. Hayvanlar ve ağaçlar susuzluktan öldü, insanlar yağmur için dua etmeye başladılar ama Yeşim Ejderha onları görmezden geldi.

Ancak insanların çektikleri acı Yeşim Ejderha'nın çocuklarının gözünden kaçmamıştı. Dünya üzerindeki ıstırap ve acı

karşısında dehşete düşmüşlerdi. Teker teker annelerine gittiler ve insanlar için af dilediler. Fakat onların sözleri bile annelerinin taş kalbini yumuşatmaya yetmedi. "Bir daha asla insanlar için yağmur yağdırmayacağız." diye yemin etti Yeşim Ejderha.

İnci, Sarı, Uzun ve Siyah gizlice buluştular.

"İnsanlara yardım etmek için bir şeyler yapmalıyız." dedi Siyah. "Su bulamazlarsa yakında hepsi ölecek."

"Evet." diye devam etti Sarı. "Ama ne yapabiliriz? Yağmur yağmasını sağlayamayız. Ona karşı gelerek annemize saygısızlık edemeyiz."

Uzun, dünyaya doğru baktı. "Ben dünyadaki insanlar için kendimi feda edeceğim." dedi. "Kendimi toprakların üzerine bırakacak ve içmeleri için suya dönüştüreceğim."

Diğerleri ona şaşkınlıkla baktılar ama teker teker onlar da bu fikri onayladılar.

"Ben de aynısını yapacağım." dedi Sarı.

"Biz de öyle." diye ekledi İnci ve Siyah.

Böylece Yeşim Ejderha'nın çocukları dünyaya indiler ve kendilerini suya dönüştürüp insanları kurtardılar. Dünya üzerinde dört büyük nehir olup, kuraklık ve diğer tüm ölümlere son verdiler.

Yeşim Ejderha, çocuklarının yaptıklarını öğrendiği zaman gururundan dolayı kendini lanetledi. Ejderha çocukları bir daha asla onunla birlikte göklerde uçmayacak ya da ona Ma demeyeceklerdi. Kalbi acı ve üzüntüyle paramparça oldu; gökyüzünden düştü ve çocuklarıyla bir şekilde yeniden bir araya gelebilme umuduyla kendini Yeşim Nehri'ne dönüştürdü.

Verimsiz Dağ, Yeşim Ejderha'nın kırık kalbidir. Dağda hiçbir şey büyümez ya da yetişmez. Çevresindeki topraklar serttir ve nehrin rengi siyahtır. Çünkü Yeşim Ejderha'nın mutsuz ruhu hâlâ oradadır. Yeşim Ejderha çocuklarından en az biriyle yeniden bir araya gelinceye dek Verimsiz Dağ çıplak kalacaktır.

Her ne kadar bu soruyu daha önce defalarca sormuş olsa da, "Neden birileri dağa dört büyük nehirden su getirmiyor?" diye yine sordu Minli. Ba, hikâyeyi her anlattığında Minli dağın meyve ve çiçeklerle dolarak zavallı köylerine zenginlik getirmesinin ne kadar harika bir şey olacağını düşünmeden edemiyordu. Bu Yeşim Ejderha'yı mutlu etmez miydi?

"Yeşim Ejderha'nın çocukları kendilerini suya dönüştürdüklerinde." diye söze başladı Minli'nin babası. "Huzurla dolup böylelikle ruhları serbest kaldı. Ruhları artık suyun içinde değil. İşte bu yüzden Yeşim Ejderha onları nehirlerde bulamaz. Yaklaşık yüz yıl önce bir adam dağdan taşları alıp nehirlere götürerek onları yeniden bir araya getirmeyi denedi."

Minli'nin annesi babasının sözünü kesti. "O adam taşları bir ejderha ruhu için almamıştı." Asla Ba'nın masallarını onaylamazdı, Minli'nin mantıksız davranma ve hayalci biri olmasına yol açtığını düşünüyordu. "Büyük annem bana onun bir sanatçı olduğunu söylemişti. Dağdaki kayaları mürekkep taşlarına dönüştürmek için almış."

"Bir daha geri geldi mi?" diye sordu Minli.

"Hayır. Herhâlde çok güzel resimler olmadı." Ma iç çekti. "Büyük olasılıkla başka yerde daha iyi bir şey bulmuştur. Atının eyerindeki bronzun bile bizim sahip olabileceğimizden daha fazla olduğuna eminim."

Ma'nın iç çekişleriyle Minli, Verimsiz Dağ'daki her kayanın altın olmasını diledi ve kendini tutamayarak, "Peki o zaman Verimsiz Dağ nasıl yeniden yemyeşil olacak?" diye sordu.

"Ah, işte bu, Ay'ın Yaşlı Adamı'na sorman gereken bir soru." diye karşılık verdi babası.

"Hadi o masalı da anlat." diye yalvardı Minli. "Ne zaman önemli bir şey sorsam insanlar, 'Bu Ay'ın Yaşlı Adamı'na sorman gereken bir soru.' diye karşılık veriyor. Bir gün ona her şeyi soracağım."

"Ay'ın Yaşlı Adamı mı? Yani bir masal daha mı? Evimiz bomboş ve pirincimiz kâselerimizi güçlükle dolduruyor, yine de bir sürü masal biliyoruz!" Ma bir kez daha içini çekti. "Ne kadar kötü bir kaderimiz var!"

"Belki de öyle." diye karşılık verdi Ba, Minli'ye. Ve karısına bakarak, "O masalı sana yarın anlatacağım." dedi.

2. BÖLÜM

Minli, annesi ve babası her sabah güneş doğmadan tarlalarda çalışmaya başlarlardı. Ekim zamanı gelmişti ve bu oldukça zahmetli bir işti. Çamur ayaklarına âdeta tutkal gibi yapışıyor ve her bir fidenin titizlik içinde elle dikilmesi gerekiyordu. Kızgın güneş, tepelerine yükseldiğinde Minli'nin dizleri yorgunluktan titredi. Ellerinde ve yüzünde vıcık vıcık çamuru hissetmekten nefret ediyor, sürekli öfke ve bitkinlikle yaptığı şeyi bırakmak istiyordu. Ancak anne ve babasının her şeye rağmen hâlâ çalıştıklarını görünce şikâyet etmeyi bir kenara bırakıp yeniden işine devam ediyordu.

Güneş batmaya yakın anne ve babası hem biraz dinlensin hem de yemek hazırlasın diye Minli'yi eve gönderiyorlardı. Onlar da güneş batana dek çalışıyorlardı.

Minli eve gidince yüzünü, ellerini ve ayaklarını yıkadı. Her ne kadar leğendeki su kahverengiye dönüşsede, kendini hâlâ çamur içinde ve kayaların üzerinde sürünen yaşlı bir yengeç kadar yorgun hissediyordu. Koyu renkli sudaki yansımasına baktı ve karşısında annesinin asık suratını gördü.

Ma haklı, diye düşündü Minli. Ne kadar da şanssız ve fakiriz. Her gün ebeveyni durmaksızın çalışıyor ve yine de hiçbir şeyimiz yok. Keşke kaderimizi değiştirebilseydim.

İşte tam da o sırada, Minli daha önce hiç duymadığı, sanki bulutlardan gelen bir şarkıyı andıran hafif bir mırıltı duydu. Sesin ne olduğunu anlayabilmek için merakla kapıyı açtı.

Ve evinin karşısında bir yabancının, "Altın balık." diye bağırdığını duydu. Balığı yüzmesi için kandırmaya çalışan bir hâli vardı. "Evinize şans getirir."

Minli ve köylüler arabasını iterken yabancıyı seyrettiler. Her ne kadar köy, nehrin kıyısında olsa da kimse yıllardır altın renginde balık görmemişti. Yeşim Nehri'ndeki balıklar köyün kendisi gibi kahverengi ve griydiler. Altın Balık Satan Adam'ın arabası, kavanozlar içinde mücevherler gibi parıldayan balıklarla doluydu.

Yumuşak sesi Minli'yi âdeta ışığa uçan bir pervane gibi kendine çekti. "Altın balık evimize nasıl şans getirebilir?" diye sordu Minli.

Altın Balık Satan Adam, Minli'ye baktı; arkasında batmakta olan güneş, adamın kırmızı ve sarı renklerde parıldamasına yol açıyordu. "Bilmiyor musun?" diye sordu. "Altın balık bol miktarda altın demektir. Altın balığın olması evinin altın ve yeşim taşıyla dolacağı anlamına gelir."

Minli parlak siyah gözleriyle adamın kavanozlarına bakarken, turuncu bir balık da ışıltılı siyah gözleriyle ona bakıyordu. Minli birden, düşünemeyeceği kadar hızlı bir şekilde eve koştu ve üzerinde beyaz tavşan deseni olan pirinç kâsesindeki iki bakır parayı aldı.

Minli, "Şunu satın alacağım." diyerek siyah gözleri ve yüzgeciyle bakışlarını yakalayan turuncu balığı işaret etti.

Diğer çocuklar onu kıskançlıkla izlerken, yetişkinler onaylamaz bir tavırla başlarını iki yana salladılar. Komşularından biri, "Minli, bu adamın saçma sapan konuşmalarına inanma. Altın balık sana şans getirmez. Paranı sakla." dedi.

Ama Minli'nin cesareti kırılmadı ve bakır paralarını Altın Balık Satan Adam'a uzattı. Adam ona baktı ve gülümsedi. Sonra paralardan birini aldı, kavanozu Minli'ye verdi.

"Sana büyük şans ve zenginlik getirsin." dedi. Köylüleri kısaca selamladıktan sonra köyün dışına doğru arabasını itmeye başladı. Birkaç dakika içinde Verimsiz Dağ'ın gölgeliklerinde gözden kaybolmuştu bile. Ve eğer Minli'nin elinde altın bir balık olmasaydı, hepsi hayal gördüklerini düşünebilirlerdi.

3.
BÖLÜM

Oysa altın balık gerçekti, anne ve babası akşam yemeği için tarladan döndüklerinde, Minli'nin parasını bu şekilde harcamış olmasına üzüldüler.

"Paranı nasıl böyle saçma bir şey için harcayabilirsin!" diyen Ma pirinç kâselerini masaya vurdu. "Bu kadar işe yaramaz bir şey için?.. Ve bir de onu beslememiz gerekecek! Hem de pirinç bize zar zor yeterken!"

Minli hemen cevap verdi. "Ben pirincimi onunla paylaşırım. Altın Balık Satan Adam, onun evimize şans ve zenginlik getireceğini söyledi."

"Şansmış!" diye karşılık verdi Ma. "Elimizdeki paranın yarısını harcadın."

Sessizce oturan Ba, "Sevgili eşim." diye araya girdi. "O Minli'nin parasıydı. Onu dilediği gibi harcayabilir. Para zaten harcanmak içindir. Kâsede duran para kimin işine yarar ki?"

"Kavanozdaki bir altın balıktan daha yararlıdır." diye itiraz etti Ma.

"Kim bilebilir? Belki de gerçekten evimize şans getirir."

"Bu imkânsız." diyen Ma, umutsuzlukla tabağındaki pirince baktı. "Evimize şans ve zenginlik getirmek için altın balıktan daha fazlasına ihtiyacımız var."

"Ne gibi?" diye atıldı Minli. "Buraya şans getirmesi için neye ihtiyacımız var?"

"Ah, işte bu, Ay'ın Yaşlı Adamı'na sorman gereken bir soru." diye cevapladı Ba.

"Yine mi Ay'ın Yaşlı Adamı!" diye itiraz etti Minli ve Ba'ya baktı. "Ba, Ay'ın Yaşlı Adamı masalını bugün yeniden anlatacağını söylemiştin."

"Daha fazla masal!" diyen Ma, öfkeli bir şekilde yemek çubuklarını boş pirinç kâsesinin içine bıraktı. "Yeterince masal dinlemedik mi?"

Ba karşılık verdi. "Sevgili eşim, masalların bize hiçbir zararı olmaz ki."

"Bir şey de kazandırmaz." dedi Ma.

Derin bir sessizlik oldu. Ardından Ba üzgün bir şekilde pirinç kâsesine baktı. Minli, babasının kolunu çekiştirdi ve, "Lütfen babacığım." dedi.

Ma başını iki yana sallayarak iç geçirdi ama bir şey söylemedi. Ve Ba yeniden anlatmaya başladı.

AY'IN YAŞLI ADAMI'NIN MASALI

Bir zamanlar son derece güçlü ve bir o kadar da kibirli bir derebeyi vardı. O kadar kibirliydi ki, tüm tebaasının her an ve her yerde kendisine saygı göstermesini beklerdi. Bu isteğini öylesine abartırdı ki, anlatılanlara göre gece ya da gündüz geçtiği yerlerdeki insanların evlerinden çıkıp dizlerinin üzerine çökerek kendisine selam vermesini, hatta maymunların ağaçlardan inip ona saygı göstermesini isterdi. Karşı gelenler ise askerleri tarafından acımasız cezalara çarptırılırdı.

Derebeyi emrindekilere sert, düşmanlarına acımasız, halkına karşı da merhametsizdi. Herkes onun gazabından korkar, emir verdiği zaman insanlar önünde âdeta titrerdi. Oysa ona Kaplan Derebeyi adını takmışlardı.

Kaplan Derebeyi'nin en büyük isteği soylu olabilmekti. Verdiği her karar bu hedefe göre şekillenirdi. Ele geçirdiği her idare kraliyet ailesine kabul edilebilmesi için uyguladığı stratejinin bir parçasıydı. Oğlu doğar doğmaz; onu kraliyet ailesinden biriyle evlendirebilmek için seyahat etmeye ve güçlü olabilmek için araştırmalar yapmaya başladı.

Bir gece derebeyi dağların arasında (yine oğluna uygun bir eş bulabilmek için) dolaşıyordu. Yaşlı bir adamın ay ışığında tek başına oturduğunu gördü. Yaşlı adam yoldan geçmekte olan atları, arabaları, ipek bayrakları ve üzerindeki devlet mührünü görmezden geldi. Bir yandan yanındaki bir torba dolusu kırmızı ipliğe dokunurken diğer yandan da kucağındaki büyük kitabı okumaya devam ediyordu. Yaşlı adamın ilgisizliği Kaplan Derebeyi'ni kızdırdı ve arabaya durmasını emretti. Arabaların sesine karşın yaşlı adam kafasını kaldırıp onlara bakmamıştı.

Sonunda Kaplan Derebeyi arabasından indi ve kitabını okumaya devam eden yaşlı adamın yanına gitti.

"Sen nasıl olur da derebeyini selamlamazsın?" diye kükredi.

Yaşlı adam tavrını hiç bozmadı.

"Bu kadar önemli ne okuyorsun?" diye sordu derebeyi ve uzanıp kitabın sayfalarına baktı. Sayfalar derebeyinin bilmediği bir dilde yazılmış çizgiler ve karalamalarla doluydu. "Burada yazanlar sadece saçmalık!" diye bağırdı tekrar.

Sonunda başını kaldıran yaşlı adam, "Saçmalık mı?" diye karşılık verdi. "Seni aptal. Bu Kader Kitabı'dır. Öğrenmek istediğin her şey bu kitapta yazılıdır. Geçmiş, şimdiki zaman ve gelecek buradadır."

Derebeyi sayfadaki işaretlere bir kez daha baktı. "Ben okuyamıyorum." dedi.

"Tabii ki okuyamazsın." diye yanıtladı yaşlı adam. "Ama ben Ay'ın Yaşlı Adamı'yım ve Kader Kitabı'nın koruyucusuyum sadece ben okuyabilirim. Ve onun sayesinde tüm soruları cevaplayabilirim."

"Bütün soruları cevaplayabilir misin?" diye dalga geçti derebeyi. "Pekâlâ. Zamanı geldiğinde oğlum kimle evlenecek?"

Ay'ın Yaşlı Adamı kitabın sayfalarını çevirdi. Kendi kendine, "Hımm." dedi ve devam etti. "İşte burada... Oğlunun gelecekteki eşi komşu köydeki bakkalın şimdi iki yaşında olan kızıdır."

Derebeyi âdeta tükürür gibi, "Bir bakkalın kızı mı?" diye sordu.

Ay'ın Yaşlı Adamı, "Evet." diye devam etti. "Şu anda üzerinde beyaz tavşanlar olan mavi bir battaniyeye sarılmış, kör büyük annesinin kucağında yatıyor."

"Hayır!" dedi derebeyi. "Buna izin vermeyeceğim."

"Söylediklerim doğru." dedi yaşlı adam. "Kaderlerinde karıkoca olmak var. Onları birbirine bağlayan kırmızı ipi ben kendi ellerimle düğümledim."

"Kırmızı ip de ne?" diye sordu Kaplan Derebeyi.

"Sen hiçbir şey bilmez misin? İlerde birbirinin eşi olacak herkesi bu kırmızı ipliklerle birbirine bağlarım." Yaşlı adam iç geçirdi, kırmızı ipliklerle dolu torbasını elinde tutmaya devam ediyordu. "Sen doğduğunda kırmızı iplikle senin bileğini karının bileğine bağladım. Sizler büyürken aranızdaki ip gitgide kısaldı ve sonunda tanıştınız. Hayatın boyunca karşılaştığın bütün insanlar sana benim kırmızı iplikler sayesinde geldiler. İpliklerden birinin sonunu bağlamayı unutmuş olmalıyım ki, şu an burada benimle karşılaştın. Bu hatayı bir daha yapmayacağım."

"Sana inanmıyorum." diye itiraz etti derebeyi.

Ayağa kalkıp kitabı bir tarafa bıraktı yaşlı adam ve, "İster inan ister inanma." dedi. "Bağladığım ipin sonuna geldik ve şimdi ayrılacağız."

Derebeyi şaşkınlıktan dili tutulmuş bir şekilde arkasından bakarken Ay'ın Yaşlı Adamı dağlara doğru yürüyüp gitti.

"Çılgın yaşlı adam." dedi sonunda derebeyi. "Zaman kaybından başka bir şey değil!"

Derebeyi arabasına geri döndü ve yoluna devam etti. Ama bir sonraki köye vardıklarında bir evin önünde kucağında bebekle oturan yaşlı bir kadın gördü. Bu bir kızdı. Kız tam da Ay'ın Yaşlı Adamı'nın söylediği gibi üzerinde beyaz tavşanlar olan mavi bir battaniyeye sarılmıştı.

Kaplan Derebeyi öfkeden deliye döndü ve, "Oğlumun bir bakkalın kızıyla evlenmesine izin vermeyeceğim!" dedi. Böylece misafir kalacakları eve vardıktan sonra gizlice uşaklarından birine bakkalın evine gitmesini ve kızı öldürmelerini istedi. Bu onun hakkından gelir, diye düşündü kendi kendine.

Uzun yıllar sonra, Kaplan Derebeyi'nin hayali gerçek oldu. Sonunda oğluna eş olarak imparatorun sayısız kız torunundan bir tanesini aldı. Böylece oğlu uzaktaki bir şehrin yönetimini eline alacaktı. Düğün günü Kaplan Derebeyi, oğluna bu evliliği nasıl ayarladığı konusunda böbürleniyor ve Ay'ın Yaşlı Adamı'nı nasıl kandırdığını anlatıyordu. Babasına benzemeyen oğlu hiçbir şey söylemedi. Ancak güvenilir bir hizmetçisini düğün töreninden sonra bakkalın ailesini bulup af dilemesi için gönderdi. Bu arada yeni eşiyle tanışmıştı ve her ikisi de birbirlerini beğenmişlerdi. Yeni eşi çok güzeldi, tek gariplik alnına sürekli narin bir çiçek takıyor olmasıydı.

"Sevgili eşim, neden sürekli o çiçeği takıyorsun? Yatarken bile onu çıkartmıyorsun."

Kız utançla alnına dokundu ve, "O alnımdaki izi kapatmak için." dedi. "İki yaşındayken yabancı bir adam beni öldürmeye çalıştı. Kurtuldum ama iz kaldı."

Tam o sırada güvenilir hizmetçi hızla içeri girdi. "Efendim." dedi. "İstediğiniz araştırmayı yaptım. Uzun yıllar önce bir selde bakkalın ailesi ölmüş, sadece kızları kurtulmuş. Şehrin kralı -imparatorun dokuzuncu oğlu- kızı evlat edinip kendi çocuğu gibi yetiştirmiş... Ve o kız da sizin eşiniz."

"Yani Ay'ın Yaşlı Adamı haklıydı!" dedi Minli.

"Tabii ki haklıydı." diye yanıtladı Ba. "Ay'ın Yaşlı Adamı her şeyi bilir ve sorduğun her soruya cevap verir."

"Ona evimize nasıl zenginlik ve şans getirebileceğimi soracağım." dedi Minli. "O biliyordur. Ona soracağım. Peki, onu nerede bulabilirim?"

"Onun Doruklara Uzanan Dağ'da yaşadığını söylerler." dedi Ba. "Ama tanıdığım hiç kimse o dağın nerede olduğunu bilmiyor."

"Belki onu bulabiliriz." dedi Minli.

"Ah Minli." diye itiraz etti Ma sabırsızca. "Evimize zenginlik getirmek ha! Verimsiz Dağ'ın çiçek açması mı? Her zaman imkânsız şeyler yapmayı diliyorsun. Masallara inanmayı ve zamanını boşa harcamayı bırak!"

"Masallar zaman kaybı değildir." dedi Ba.

Ma ellerini masaya vurarak, balık kavanozunun içindeki suyun dalgalanmasına neden oldu ve sonra ayağa kalktı. "Masallar bu altın balığa boşuna para harcanmasıdır." dedi.

Minli pirinç kâsesine gözlerini dikmişti. Geride kalan birkaç beyaz pirinç tanesi kâsenin dibinde inci gibi parlıyordu. Ba hafifçe koluna vurdu. "Pirincin hepsini bitir kızım." dedi. Ve titreyen elleriyle kendi son pirinç tanesini balığa verdi.

4. BÖLÜM

Minli o gece uyuyamadı. Ma'nın sözleri kulaklarında çınlıyordu. Gözlerini kapadığında rüyasında Ba'nın nasırlı, titreyen elleriyle balığı beslediğini gördü.

Ma haklı, diye düşündü Minli kendi kendine. Altın balık sadece beslenmesi gereken bir boğaz. Ba'yı bu yükün altına sokamam. Ma ve Ba her bir pirinç tanesi için çok çalışıyorlar. Ba'nın bir de altın balığı beslememesi gerekiyor.

Minli sessizce yatağından çıktı ve altın balığın olduğu masaya doğru süzüldü. Birbirlerine baktılar, Minli ne yapması gerektiğini biliyordu. Hızla ayakkabılarını giydi, altın balığı alıp evden çıktı.

Gece yarısıydı. Köydeki herkes uyuyordu ve yıldızlar, gökyüzünü kurutulmuş deniz yosununun üzerine serpiştirilmiş tuz taneleri gibi doldurmuştu. Yeşim Nehri'ne doğru ilerlerken Minli'nin sessiz adımları gecenin karanlığında kayboluyordu.

Nehrin kıyısına geldiğinde Minli son bir kez daha altın balığına baktı. Gökyüzündeki ay o kadar parlaktı ki, gecenin karanlığında bile balık ışıl ışıl parlıyor siyah gözleri etrafa kıvılcımlar saçıyordu.

"Sana bakamadığım için üzgünüm." diye fısıldadı Minli. "Nehirde iyi olacağını umuyorum." Ve bunları söyledikten sonra balığı nehrin derin sularına bıraktı. Bir an için balık ne yapacağını bilemedi, hâlâ kibritin ucundaki alev kadar parlaktı. Daha sonra suyun içinde daireler çizerek neşeyle yüzmeye başladı.

Minli bir süre onu izledi ve derin bir iç çekti. Ağzından çıkan sözlerin, annesinin sabırsız ve sinirli sesinin bir yankısı olduğunu fark etti. "Ma şansımız dönmediği sürece iç çekmeye devam edecek. Peki, ama nasıl değişebilir ki?" Minli bu soruyu üzgün üzgün sormuştu. "İşte bu da Ay'ın Yaşlı Adamı'na sorması gereken başka bir soru daha. Ona bir şeyler sormam gerekiyor, ama Doruklara Uzanan Dağ'ın yolunu kimsenin bilmemesi ne kadar kötü."

Balık yüzmeyi bıraktı ve Minli'ye baktı.

"Ben biliyorum." dedi sazlıkların arasından yumuşak bir ses fısıldayarak.

Minli balıktan gözlerini alamadı. "Sen bir şey mi söyledin?"

"Evet." diye karşılık verdi balık. "Doruklara Uzanan Dağ'a nasıl gidebileceğini ve Ay'ın Yaşlı Adamı'na nasıl soru sorabileceğini biliyorum."

"Sen konuşabiliyor musun?" diye sordu Minli. Heyecandan söyledikleri birbirine karışmıştı. "Nasıl konuşabiliyorsun?"

"Çoğu balık konuşur." dedi balık ve devam etti. "Tabii eğer sen dinlemek istersen. Duymak istersen yani."

Minli ilgiyle, "Ben istiyorum." diye karşılık verdi. Bu tam da Ba'nın anlattığı masallar gibiydi. Heyecanla yerinde kıpırdandı. "Doruklara Uzanan Dağ'a giden yolu nereden biliyorsun?"

"Biri hariç, tüm okyanus ve nehirlerde yüzdüm. Tam sonuncusuna giderken yolda Altın Balık Satan Adam, beni yakaladı. Doruklara Uzanan Dağ'a giden yol da dahil dünyanın büyük bir kısmını görüp öğrendiğim için arabasında giderken umutsuzluğa kapıldım. Beni serbest bıraktığına göre sana anlatacağım."

"Tüm okyanus ve nehirlerde yüzdün mü?" diye sordu Minli. Sorusu sanki taşan sular gibi birden ağzından fırlamıştı. "Hangi nehri görmedin? Neden bu kadar çok yolculuk yaptın? Peki ya Doruklara Uzanan Dağ nerede? Ne zaman..."

Balık sözünü kesti ve, "Yüzmediğim tek nehir burası." dedi. "Ve bu nehri görebilmeyi çok uzun zamandır bekliyordum. İşte bu yüzden bir an önce yola çıkmak istiyorum. Diğer tüm sorularını Ay'ın Yaşlı Adamı'na sorabilirsin. İzin ver sana yolu anlatayım, böylece ben de kendi yoluma gidebilirim."

Minli başıyla balığı onayladı ve başka soru sormadı. Bir balıkla sohbet ettiğini fark etmişti ve bu hiç de sıradan bir olay değildi. Bu nedenle sessiz kalıp dinlemeye karar verdi.

5. BÖLÜM

Ertesi sabah Minli'nin kafasında düşünceler ve planlar dönüp duruyordu. O kadar çok şey düşünüyordu ki, ebeveyninin boş balık kavanozunu gördüklerinde birbirlerine üzgün bir şekilde baktıklarını fark etmedi bile. Tarlaya gittiklerindeyse Minli'nin kafası hâlâ karışıktı ve dikkatsizce davranıyordu. Ba ve Ma bunu fark ettikleri hâlde hiçbir şey söylemediler.

Akşam olduğunda, Minli yemek hazırlamak için eve gitti. Çabucak yıkandı ve pirinci pişirdi. Sonra sofrayı iki kişilik hazırladı ve şu notu yazdı:

Sevgili Ma ve Ba,

Ben Ay'ın Yaşlı Adamı'na şansımızı nasıl değiştirip zengin olabileceğimizi sormak için Doruklara Uzanan Dağ'a gidiyorum. Birkaç gün eve dönmeyebilirim, ama endişelenmeyin. Ben iyi olacağım. Geri döndüğümde evimizi altın ve yeşim taşıyla doldurabileceğiz.

Sevgilerimle, itaatkâr kızınız

Minli

İtaatkâr kısmı tam olarak doğru değil, diye düşündü Minli kendi kendine. Ne de olsa anne ve babası onun gittiğini öğrendiklerinde mutlu olmayacaklardı. *Ama yalan da değil. Bir yere gidemeyeceğimi söylemediler, yani itaatsizlik yapmış sayılmam.*

Yine de Minli kendini suçlu hissediyordu. Ancak olumsuz düşüncelerini bir kenara bırakıp yolculuğa çıkmak için hazırlandı. Bir battaniyenin arasına şunları koydu:

bir iğne
bir çift yemek çubuğu
beyaz tavşanlı pirinç kâsesi
küçük bir parça kuru bambu
içi su dolu bir su testisi
küçük bir bıçak
balık ağı
az pişmiş pirinç
büyük bir tencere
ve kalan tek parası

Sonra battaniyesini katlayıp bohça yaptı ve onu da sırtına alıp evlerine son bir kez baktı. Pencereden görünen Verimsiz Dağ bir gölgeyi andırıyordu, ama Minli gözlerini kapadı. Evini altınlar, dağı da yeşim taşı yeşili ağaçlar içinde parıldarken düşledi ve gülümsedi. Sonra kapıyı açtı ve dışarı çıktı.

6. BÖLÜM

Minli evden çıkarken komşularından bazılarının onu durdurup nereye gittiğini sormalarından korkmuştu. Sırtında kocaman bir bohça ve heyecanlı hâliyle tuhaf görünüyor olmalıydı. Ama kimse onu fark etmedi. Komşuları kapılarını süpürmeye, çamaşırlarını asmaya ve akşam yemeği hazırlamaya devam ettiler. Bir kız ve erkek çocuğu numaradan hazırladıkları çamurdan şölen yemeği için kavga ediyordu. Anneleri onları akşam yemeği için çağırdığında bile, ikisi de yerinden kıpırdamadı. Ellerindeki ıslak çamurlu tabaklara âdeta yapıştıkları için Minli ne kadar aptal olduklarını düşünüp gülümsedi.

Böylece Minli kimsenin dikkatini çekmeden köyün dışına kadar yürüdü. Köyü ardında bıraktığında Verimsiz Dağ'a doğru döndü.

Dağın eteklerine geldiğinde sırtındaki bohçayı yere bıraktı. İçinden bıçağı, iğneyi, pirinç kâseyi, bambu parçasını ve su testisini çıkardı. Sonra altın balığın söylediği tüm talimatları hatırlamaya çalışarak, küçük bir kaya parçasını alıp tekrar yere bırakmadan önce doksan dokuz kez iğnenin ucunu üzerine sürttü. Ardından pirinç kâsesini yarıya kadar suyla doldurdu ve bambuyu içine bıraktı. Daha sonra iğneyi alıp kâsenin üzerindeki beyaz tavşana baktı.

Zıplayan tavşana, "Pekâlâ." dedi. "Yolu göster."

Ve iğneyi bambunun üzerine yerleştirdi. İğne sihirli bir şekilde kendi etrafında dönmeye başladı. Minli gülümsedi.

Boyalı tavşana dönüp tekrar, "Teşekkür ederim." dedi. "Şimdi nereye gitmemi istiyorsan seni takip edeceğim!"

Minli eşyalarını topladı, kâseyi dikkatlice eline aldı ve iğnenin gösterdiği yönde yürüyerek Verimsiz Dağ'ı geçti. "Hoşça kal Yeşim Ejderha. Geri döndüğümde seni nasıl yeniden mutlu edeceğimi biliyor olacağım!"

Minli yürüdü, yürüdü ve taşlı topraklar yavaşça yerini ormana bıraktı. Ay gökyüzünde yükseldiğinde bile yürümeye devam etti. "Eğer Ma ve Ba, beni aramaya çıkarlarsa, onların bulamayacağı kadar uzağa yürüdüğümden emin olmalıyım." dedi kendi kendine. Yere düşmüş olan yapraklar ayakları için âdeta yumuşak bir halı vazifesi görüyordu, gece kuşları ise o yürüdükçe gökyüzüne doğru havalanıyordu. Minli ancak gökyüzü gri bir renge bürünüp güneş ufukta belirmeye başlayınca oturdu ve bir ağaca yaslandı. Artık evinden ve köyünden çok uzaklardaydı. O kadar yorulmuştu ki hemen uykuya daldı.

7. BÖLÜM

Ma ve Ba tarladan evlerine döndükleri sırada ay yavaş yavaş gökyüzüne yükselmeye başlamıştı. Her ne kadar pişmekte olan pirincin kokusunu alsalar da, evin tuhaf bir şekilde karanlık ve sessiz olduğunu fark ettiler.

Eve yaklaştıkça Ma, "Minli neden karanlıkta oturuyor?" diye endişelendi.

"Belki de altın balığını verdiği için üzgündür." dedi babası başını iki yana sallayarak.

"Bundan daha fakir olabilir miyiz?" diye iç geçirdi annesi. "Kızımız için bir altın balık bile besleyemiyoruz."

Ancak eve girip Minli'nin bıraktığı notu okumalarıyla birlikte annesi feryat etti. "Çok erken konuşmuşum." diye inledi. "Artık çok daha kötü bir kaderimiz var, çünkü biricik kızımız da gitmiş!"

"Sessiz ol, sessiz ol sevgili eşim." diye susturdu Ba, onu. "Eğer hızlı hareket edersek onu bulup eve geri getirebiliriz."

Ba hemen bir çuval alıp içine battaniye, boş bir su testisi koydu. "En fazla yarım günlük mesafede olmalı." dedi. "Bu da bize onu bulmak için zaman kazandırabilir." Ma, kocasına bakıyordu. Kendisi de pişmiş pirinci bir kabın içine koydu. Ama sızlanmaya devam ediyordu. "Tüm kabahat ona anlattığın o masallarda." diye hıçkırdı. "Onlara inandı ve şimdi masalların peşine düştü."

Ma'nın sözleri Ba'yı bir bıçak gibi kesiyordu, ancak çok üzgün olsa da hiçbir şey söylemedi ve toparlanmaya devam etti. Torbanın ağzını bağlarken titreyen elleri, eşinin omzuna dokunduğunda son derece yumuşaktı. "Hadi gidelim." dedi.

Evden ayrılırken komşularından bazıları onları pencereden izliyordu. Birbirine yakın, küçük ve ince duvarlı evlerden Ma'nın çığlığını duymuş, ne olduğunu öğrenmek istiyorlardı. Ma ve Ba olanları anlattıklarında, neredeyse tüm köy halkı evlerinden dışarı taştı.

"Doruklara Uzanan Dağ mı? Ay'ın Yaşlı Adamı mı? Kaderinizi değiştirmek mi?" dedi komşular art arda. "Gidip onu bulsanız iyi olacak, aksi hâlde bir daha asla geri dönmeyecek. Aptal Minli! İmkânsızı yapmaya çalışıyor!"

Her bir köylü Minli'yi en son gördükleri yere doğru onları yönlendirdi. Bazıları onu eve, bazılarıysa tarlaya doğru giderken görmüşlerdi. Ama sonunda küçük bir erkek çocuk, "Minli Verimsiz Dağ'a doğru gitti." dedi. "Onu sırtında çantasıyla birlikte gördüm."

Böylece köylülerin arkalarından el sallamasıyla birlikte Ma ve Ba Verimsiz Dağ'a doğru yürümeye başladılar. Ay ışığında onları izleyen karanlık gölgeleri de peşlerinden geliyordu. Ama dağa ulaştıklarında kararsız bir şekilde birbirlerine baktılar.

Peki, buradan sonra nereye gitmiş olabilir, diye düşünen Ba fenerini yaktı. Fener ışığı âdeta havayı ısıttı ve giderek artmakta olan karanlığı aydınlattı.

"İşte!" diye bağırdı Ma ve yeri işaret etti. "Ağaçlara doğru giden ayak izleri var. Belki de Minli'nin izleridir!"

Ba ayak izlerine baktı. Onlara eşlik eden bir iz daha vardı ve uzun bir çizgi hâlindeydi. Bu izi işaret eden Ba, "Peki ama bu ne?" diye sordu.

"Belki de Minli bir bastonla yürüyordur. Ayak izleri Minli'nin olabilir." dedi Ma.

Ba izlere bir kez daha baktı. Son derece küçüklerdi. "Belki de öyledir. Hadi onları takip edelim." dedi Ba.

Ve izleri takip ettiler.

8. BÖLÜM

Minli güneş gökyüzüne yükselmeye başladığında uyandı. Ormanın gölgeliği arasında bile Minli'nin siyah saçları ısınmıştı. Uyanır uyanmaz su testisine baktı. Suyun bir kısmını pusula için kullanmış, bir kısmını da gece yürürken içmişti. Testi şimdi yarıya kadar doluydu. Azar azar içti ve Ma ile Ba'nın yazdığı notu hâlâ okumadıklarını düşünmeye çalıştı. "Umarım beni anlarlar." dedi kendi kendine. Omzuna ağır gelen su testisini diğer omzuna geçirdi.

Minli batıya doğru yürümeye devam etti. Birkaç dakika sonra biraz daha su içti. Azar azar içmeye çalışıyordu ancak ağaçlık yerde yürümesine karşın hava çok sıcaktı. Çok geçmeden su testisi boşalmıştı, tam o sırada, ağaçların arasından belli belirsiz bir ses duydu.

Kendi kendine, "Bu su sesi!" dedi ve sesin geldiği yöne doğru ilerledi. "Buralarda bir yerde su var." Kısa bir süre sonra küçük bir dere gördü. Hevesle su içmek ve testisini doldurmak için eğildi. Ancak suyu tatmasıyla birlikte tükürmesi de bir oldu.

"Tuzlu su!" diye bağırdı Minli. "Bu su tuzlu!"

Minli geri çekildi ve düşünmeye başladı. "Bu dere nasıl tuzlu olabilir? Okyanustan çok uzaktayım. Çok garip." Merakına engel olamayan Minli, susuzluğunu unutup dereyi takip etmeye başladı.

Dere derinleşip genişlemiş ve bir nehre dönüşmüştü. Tam Minli yolculuğuna devam etmeyi düşünmeye başlamışken, neredeyse dünyayı sarsacak kadar acılı inlemeler duydu.

"Kim var orada?" diye bağırdı.

"Yardım edin!" diye sızlandı cılız bir ses. "Bana yardım edebilir misin?"

"Geliyorum!" diye bağırdı Minli. Hemen pusulasını suyun kenarına bıraktı ve suyun içine girdi. Su ılık ve berraktı. Minli suyun içindeki ayaklarını, dipteki taşları ve yaprakları görebiliyordu. Sese doğru ilerledikçe, su önce dizlerine sonra da neredeyse boynuna kadar yükseldi.

Ses üzgün bir şekilde, "Hâlâ orada mısın?" diye sordu. "Lütfen bana yardım et."

Minli bir kez daha, "Geliyorum!" diye bağırdı. Derin bir nefes alıp sesin geldiği yere doğru daldı. Tuzlu su gözlerini yaktığı için tekrar yüzeye çıkana kadar gözlerini sımsıkı kapattı. Sonunda gözlerini açtığında Minli neredeyse şaşkınlıkla yeniden suyun içine düşüyordu. Çünkü tam karşısında bir EJDERHA vardı.

9. BÖLÜM

Ayın ışığının altında Ma yorgunluktan tökezledi. Ba ne kadar zamandır yürüdüklerini bilmiyordu. Attığı her adımda yere dikkatlice bakıyor, elindeki sallanan fenerden yayılan ışık titriyordu. Orman şekiller ve gölgelerle doluydu, yerdeki belli belirsiz izleri güçlükle görebiliyordu. Bu bir çiçeğin taç yaprağındaki çizgiyi aramak gibi bir şeydi. Ma'nın bir kez daha tökezlemesiyle birlikte Ba, onu düşmesin diye tuttu.

"Dinlenmeliyiz." dedi Ba.

Ma başını "hayır" anlamında iki yana salladı ve öfkeyle kendini çekti. "Yola devam etmeliyiz. Minli'yi bulmak zorundayız."

"Ama yoruldun." diye itiraz etti Ba. "Ve ben de yoruldum. Biraz dinlenirsek yola daha hızlı devam edebiliriz."

Ma öfkeyle, "Ben yorgun değilim." dedi. Öfkesi ona enerji vermiş gibiydi. "Sen yorgunsan dinlenebilirsin. Ama ben kızımızı aramaya devam edeceğim."

Ba alçak sesle, "Birbirimizden ayrılmamalıyız." diye fısıldadı.

"Benimle kalmak istiyorsan yola devam etmek zorundasın." diye karşılık verdi Ma.

Ba derin bir nefes aldı ve fener için başka bir mum daha çıkardı. Yayılan ışık ormandaki hayvanları uzaklaştırıyordu ancak Ma'nın öfkesi için yapabileceği bir şey yoktu. Öfkesi aydınlığı kaybolan Ay'la birlikte sönüyor gibiydi.

Sabah güneşi uzaklarda berilmeye başladığında hâlâ yürüyorlardı. Güneş ışıkları ağaçların yaprakları arasından yavaşça Ma ve Ba'ya ulaştı ve böylece Ba sonunda fenerindeki mumu söndürebildi. Ma'ya baktı ve ümitsizliğinin aydınlanan gökyüzünde daha da keskin olduğunu gördü.

"Eğer Minli dinlenmek için durduysa çok geçmeden ona yetişebiliriz." dedi.

"Onu bulduğumuzda, bunu bir daha asla yapmaması gerektiğini öğrenmeli! Asla!" dedi Ma.

"Sevgili eşim." dedi Ba ve devam etti. "Minli bize zarar vermek için gitmedi."

"Hayır," dedi Ma. Ağzından çıkan kelimeler bir bıçak gibi çok keskindi. "O bir peri masalını bulmaya gitti. Doruklara Uzanan Dağ ve Ay'ın Yaşlı Adamı'ymış! Tüm bu saçmalıkların peşine düştü!"

"Masallar saçmalık değildir." dedi Ba alçak sesle.

"Sen öyle diyorsun!" dedi Ma. "Çünkü onun aklına bunları sokan sensin. Gerçekleşmesi imkânsız bir masalla kötü kaderimizi değiştirebileceğine inanmasına neden oldun. Bu saçmalık!"

"Evet." dedi Ba üzüntüyle. "Bu imkânsız. Ama saçmalık değil."

Ma bir kez daha ağzını açtı ama bir şey demedi. Biraz ileriden kırılan dalların sesi geliyordu. Bu ormanda ilerleyen birinin çıkardığı sesti. Ma ve Ba birbirlerine baktılar. "Minli!" dedi Ma.

Yorgunluk ve umutsuzluklarını unutan Ma ve Ba ormana doğru koşmaya başladılar. Ma bedenini çizen dalları umursamıyordu ve Ba da kim olduğunu henüz bilmedikleri kişiye doğru koşarken şapkasını yere düşürmüştü. "Minli!" diye bağırdı ikisi birlikte. "Minli!"

Ama uzaktaki figürün yanına ulaştıklarında şaşırıp kaldılar. Bu Minli değildi. Ma ve Ba ağızları bir karış açık Altın Balık Satan Adam'a bakıyorlardı.

10. BÖLÜM

Minli karşısında ejderhayı görünce donup kalmıştı. Ejderha parlak kırmızı renkliydi, âdeta Japon fenerini andırıyordu. Zümrüt yeşili bıyıkları, boynuzları ve başında da mat taş renginde ayı andıran bir top vardı. En azından Minli'nin görebildiği bu kadardı. Çünkü aynı zamanda bedeninin bir kısmı iplerle sımsıkı bağlanmıştı. Bu nedenle hareket edemiyor ve gözlerinden dökülen yaşlardan oluşmuş grimsi gölün içinde yatıyordu.

Minli her zaman bir ejderhayla karşılaşmanın heyecan verici ama bir o kadar da korkutucu olduğunu düşünürdü.

Babasının anlattığı hikâyelerde onlar her zaman bilge, güçlü ve asildiler. Ama karşısında bağlanmış ve ağlayan bir ejderha vardı. Minli ondan pek de korkmamıştı. Aslında onun için üzüldüğü bile söylenebilirdi.

"Bana yardım edebilir misin?" diye burnunu çekti ejderha. "Tuzağa düşürüldüm."

Minli kendini toparladı ve ejderhaya doğru yüzmeye başladı. "Sana ne oldu?" diye sordu.

"Maymunlar uyurken beni bağladılar." dedi ejderha. "Günlerdir buradayım."

Minli, ejderhaya doğru yüzüp sudan çıkabilmek için ejderhanın sırtına tırmandı. Orada sırtındaki çantayı açıp yanında getirdiği küçük bıçağı çıkardı ve ipi kesmeye başladı.

"Maymunlar seni neden bağladı?"

"Çünkü ormanda ilerleyip şeftali korusuna gitmek istiyordum." dedi ejderha. "Ama maymunlar geçmeme izin vermiyorlar. Günlerce barış içinde geçmeme izin vermeleri için uğraştım, ama o kadar mantıksızlar ki. Sonunda onlara bana izin vermedikleri takdirde, zorla geçeceğimi söyledim. İzinleri olmadan geçebilecek kadar büyük ve güçlü olduğumu biliyorlar. İşte bu yüzden uyuduğum sırada beni bağladılar."

"Maymunlar neden kimsenin geçmesine izin vermiyorlar?" diye sordu Minli.

"Çünkü onlar çok açgözlü yaratıklar." dedi ejderha. "Şeftali ağaçlarının ormanın diğer ucu olduğunu yeni keşfettiler. Maymunlar kimsenin geçmesine izin vermiyorlar çünkü şeftalileri paylaşmak istemiyorlar. Meyvelerden hiçbirine dokunmayacağıma söz verdiğimde bile bana izin vermediler. O şeftalilere kimsenin bakmasına bile tahammülleri yok."

"Neden ormandan geçmek zorundasın?" diye sordu Minli. "Üzerinden uçamaz mısın?"

Ejderhanın gözlerinden yaşlar dökülmeye başladı.

"Ben uçamıyorum." diye hıçkıra hıçkıra ağladı ejderha. "Neden uçamadığımı bilmiyorum. Diğer tüm ejderhalar uçabiliyor. Ama ben yapamıyorum. Keşke nedenini bilseydim."

"Ağlama." dedi Minli. Ejderhanın sırtını okşarken, artık onun için daha fazla üzülüyordu. "Ben Ay'ın Yaşlı Adamı'nı görmek için Doruklara Uzanan Dağ'a gidiyorum. Ona ailemin kaderini nasıl değiştireceğimi soracağım. Sen de benimle gelip ona nasıl uçacağını sorabilirsin."

"Doruklara Uzanan Dağ'ın nerede olduğunu biliyor musun?" diye sordu ejderha. "Ben Ay'ın Yaşlı Adamı'nı görmenin imkânsız olduğunu sanıyordum. Onu nasıl bulacağını bildiğine göre sen çok bilge biri olmalısın."

"Pek değil." dedi Minli. "Nasıl bulacağımı altın balıktan öğrendim."

11. BÖLÜM

Ejderhanın etrafına sarılmış ipleri kesmek Minli'nin bayağı bir zamanını aldı. Bazı zor düğümleri suyun altına dalıp dalgalanan otların arasından kesmek zorunda kalmıştı. İpleri kesmeye çalışırken ejderhaya köyünü, altın balığı ve yolculuğuna nasıl başladığını anlattı.

Ejderhaya, "Benim adım Minli." dedi. "Senin adın ne?"

"Adım mı?" diye tekrarladı ejderha yavaşça. "Bir adım olduğunu sanmıyorum."

"Herkesin bir adı vardır. Doğduğun zaman birileri sana ad vermedi mi?" dedi Minli.

"Doğduğum zaman mı?" diye sordu bu kez de ejderha düşünceli bir hâlde.

"Evet." diye karşılık verdi Minli. Ve bir kez daha bu ejderhanın bugüne kadar gördüğü tüm ejderhalardan çok farklı olduğunu düşündü. "Doğduğun zaman sana ne ad verdiler?"

EJDERHANIN MASALI

Doğduğum zaman iki farklı ses duymuştum.

"Efendim!" dedi bir ses. "Bu olağanüstü... Ejderha neredeyse canlı gibi."

"Mürekkep taşına biraz daha su ekle." dedi başka bir ses. Bu ses baş ucumdaydı, nefesinin sıcaklığını hissedebiliyordum. "Ve biraz daha sessiz konuş. Ejderhayı uyandıracaksın."

"Özür dilerim efendim." dedi ilk ses daha alçak bir tonda. "Bu resim sizin gibi yetenekli bir sanatçı için bile o kadar inanılmaz ki. Onu derebeyine sunduğumuzda köyümüze büyük onur getirecek."

Usta sadece benim duyabileceğim kadar alçak bir sesle, "Derebeyinde ziyan olacak." dedi. "Sadece imparator ailesi ejderha simgesini kullanma hakkına sahiptir, o da bundan yararlanan kibirli, kendini beğenmiş bir adam. Artık oğlu kralın kızıyla evlendiğine göre Kaplan Derebeyi, gücüyle gösteriş yapmak ve otoritesini kullanmak için her şeyi yapacaktır. Ama bu resim onu kandıracak ve köyü haksız vergilerinden kurtaracak."

"Ne oldu efendim?" diye sordu Çırak.

"Yok bir şey." diye karşılık verdi Usta. "Sadece bu ejderhayı diğer tüm ejderhalar gibi gökyüzünde uçarken değil, yerde çizdim. Belki böylelikle derebeyi zenginliğinin ona nasıl ağır geldiğini görebilir."

"Derebeyinin bunu anlayabileceğinden emin değilim efendim." dedi Çırak.

"Doğru." dedi Usta. "Ama yine de ejderha onu mutlu edecektir. Ziyareti için hazırlanacağım. Resim bitti. Fırçaları temizle ve mürekkep taşıma özen göster. Türünün tek örneğidir. Ustam tarafından buradan çok uzaktaki bir dağdaki kayadan sökülerek alınmıştır. Bana asla hangi dağ olduğunu söylemedi, bu yüzden bir başkasını yapmamız mümkün değil."

"Peki efendim." dedi Çırak. "Peki, ama ejderha?"

"Evet?"

"Bitti mi?" diye sordu Çırak. "Gözlerini boyamadınız!"

"Boyaması bitti." dedi Usta. "Genç çırağım, hâlâ sana öğretecek çok şeyim var."

Ardından konuşmaların ve ayak seslerinin uzaklaştığını duydum. Bu çok tuhaf bir duyguydu. Güneşin tenimde dolaştığını hissedebiliyordum, kollarım ve bacaklarım buz gibiydi. Yaprakların hışırtısını, rüzgârın sesini ve toprakta zıplayan kuşları duyabiliyordum ama hiçbir şey göremiyordum.

Zaman ilerledi, bunu sadece havanın soğumasından anlıyordum. Bana doğru gelen ayak sesleri duydum, çok kalabalıklardı. Bu yüzden bir kafile olduklarını anlamıştım.

"Arzu ettiğiniz üzere haşmetli derebeyimiz." dedi bir ses. Bu sesin Usta'ya ait olduğunu anlamıştım. "İzin verirseniz size, yüce derebeyimizin yönetimine hürmeten yaptığım bu eseri göstermek istiyorum."

Sanırım tüm gözler bana çevrildiği için bir sessizlik oldu.

Bir başka ses büyük bir saygıyla, "Ressam Çen, bu gerçekten de muhteşem bir tablo." dedi.

"Teşekkür ederim efendimiz." diye karşılık verdi Usta. "Beğendiğiniz için mutluyum. O hâlde anlaşmamız yerine getirilecek mi?"

"Evet." dedi diğer ses. "Köy gelecek yıl vergilerden muaf olacak. Ve ben de bu resmi alacağım."

Her ne kadar neler olduğunu tam olarak anlayamasam da, Kaplan Derebeyi'ne ait olmak istemediğimi biliyordum. Memnuniyetini bildirirken bile sesinden acımasızlık ve açgözlülük seziliyordu. Karşı koymaya çalıştım ama sanki nutkum tutulmuştu, ağzımdan tek bir kelime bile çıkmadı. Daha sonra yuvarlanarak katlandım ve tüm duygularla sesler kayboldu.

Rulo hâlinde ne kadar kaldığımı bilmiyorum. Bir gün, bir ay hatta bir yıl bile olabilir. Elimden gelen tek şey beklemekti. Sonunda tekrar açıldım ve çevremdeki soğuk rüzgârı hissettim. Mümkün olsaydı soğuktan titreyebilirdim.

Bir ses şaşkınlıkla, "Bu resim bir sanat eseri!" dedi. Ardından hızla konuşmalar pohpohlanmaya dönüştü. "Sizin ululuğunuza da ancak böyle bir tablo yakışırdı."

志

"Evet." diye karşılık verdi Kaplan Derebeyi. "Koltuğumun arkasındaki duvara asılsın."

"Peki efendimiz." diye karşılık verdi ses ve sonra birden tereddüt edip, "Ne kadar tuhaf!" diye ekledi.

"Tuhaf olan ne?" diye sordu derebeyi.

"Şey, bu ejderhanın gözleri yok. Ressam unutmuş olmalı." dedi ses.

"Gözleri mi yok!" diye bağırdı derebeyi. "Ressam Çen nasıl olur da bana bitmemiş bir resim vermeye cüret eder! Önümüzdeki on yıl boyunca köyünün vergilerini ikiye katlayacağım!"

"Efendimiz." diye araya girdi üçüncü bir ses. Bu biraz daha nazik birine benziyordu. "Bu sadece küçük bir hata. Gözüne küçük bir nokta koyarsak resim tamamlanmış olur."

"Hımm, pekâlâ." dedi derebeyi. Öneriyi değerlendirdiği belliydi. "Bana bir fırça ve mürekkep getirin."

Hizmetçilerin koşuşturmasını ve fırçayla mürekkebi getirdiklerini duydum. Üzerime eğilince derebeyinin kuru ve sıcak nefesini yüzümde hissettim. Soğuk mürekkebin gözüme dokunmasıyla birlikte birden görmeye başladım! Derebeyinin diğer gözümü yapmak için bana doğru yaklaştıdığını gördüm.

Her iki gözümün de açılmasıyla birlikte içimi bir sıcaklık kapladı. Kollarıma, ellerime, bacaklarıma ve ayaklarıma güç gelmeye başladığını hissettim. Boynum ve başımı ilk kez oynattım. Artık haykırabiliyordum. Ve öyle şiddetli bir şekilde kükredim ki, derebeyi yere düştü.

"Canlandı!" diye nefesi kesildi derebeyinin. Hizmetçilerin çığlıklar attıklarını duyabiliyordum. "Ejderha! Ejderha canlandı! Ejderha canlandı!"

Bunun kendimi Kaplan Derebeyi'nin elinden kurtarabilmek için yegâne fırsat olduğunu biliyordum. Olduğum yerden zıpladım ve insanların üzerine doğru koştum. Masaları, sandalyeleri ve sütunları devirdim. Bir pencereden mavi gökyüzünü ve yeşil yaprakları görünce oraya doğru gittim. Duvarı yıkarak çıktım. Ben çıkarken bina yıkılıyor ve insanlar arkamdan, "Ejderha! Ejderha!" diye bağırıyorlardı.

Olabildiğince hızlı kaçmam gerektiğini biliyordum, bu nedenle ormanda elimden geldiğince hızlı koştum ve onlardan çok uzaklaştım. O zamandan beri de ormanda yaşıyorum.

"İşte bu yüzden." dedi ejderha ve konuşmaya devam etti. "Adım Ejderha. Çünkü herkes bana böyle sesleniyordu."

"Ejderha." diye tekrarladı Minli. Gülümsemeye çalışıyordu. "Pekâlâ, bence gayet güzel bir isim. Hatırlamam kolay olacak."

Ejderha başıyla onayladı, kendine bir isim bulabildiği için mutluydu.

"Yani sen bir resimden doğdun!" dedi Minli. "Bu da senin babamın anlattığı ejderhalardan neden farklı olduğunu açıklıyor."

"Baban başka ejderhalar tanıyor mu?" diye sordu ejderha merakla. "Ben hiç başka ejderha görmedim. Hep bir gün uçabilirsem başka ejderhalar görebilirim diye düşünmüşümdür."

"Hımm, şey." dedi Minli. "Babamın tanıdığı bir ejderha olduğunu sanmıyorum. O sadece bana onlarla ilgili masallar anlatır. Çoğu insan, ejderhaların sadece masallarda olduklarına inanırlar. Sen bugüne kadar karşılaştığım tek ejderhasın."

"Ah." diye karşılık verdi ejderha üzüntüyle. "Ve ben gerçek bir ejderha bile değilim."

Tüm bunlar konuşulurken Minli de ipleri kesmeye devam ediyordu. Tam o sırada son ipi de kesti ve ejderhanın kolunu ovdu. "Sen benim karşıma çıkan tek ejderhasın." dedi ve devam etti. "Ve bana gerçek gibi geliyorsun. İşte bu yüzden bence sen gerçek bir ejderhasın. En azından yeterince gerçek. Her neyse, Doruklara Uzanan Dağ'a beraber gideceksek eğer, en azından gerçekten arkadaş olalım."

"Evet." diye onayladı ejderha ve her ikisi de gülümsediler.

12. BÖLÜM

Altın Balık Satan Adam arkasını döndü ve hâlâ kendisine şaşkınlıkla bakmaya devam eden Ma ve Ba'ya merakla gülümsedi. Zayıf ve ufak tefek bir adamdı, belki de bu yüzden ayak izlerini Minli'ninkilerle karıştırmışlardı. Ma'nın Minli'nin bastonuna ait olduğunu düşündüğü izler pazarcının arabasının izleriydi. Güneşin ışıkları arabadaki altın balık kavanozlarına çarpıyor ve çizgiler hâlinde yayılıyordu. Toz içindeki giysileri, bitkin yüzüyle Altın Balık Satan Adam'ın gözleri Ma ve Ba'ya bakarken âdeta parlıyordu.

"Yardım edebilir miyim?" diye sordu.

"Kızımızı arıyoruz." diye kekeledi Ba. "Verimsiz Dağ köyünden geliyoruz."

"Ona altın bir balık sattınız ve sonra..." diye araya girdi Ma. "Ve sonra kaderimizi değiştirmek için evden kaçtı."

"Anlıyorum." dedi Altın Balık Satan Adam ve bir kez daha yüzlerine baktı. Ma'nın gergin, öfkeli, asık ve Ba'nın endişeli, üzgün yüzünü inceledi. "Ve siz de onu durdurmak için peşinden gidiyorsunuz, öyle mi?" diye sordu.

"Tabii ki." dedi Ba. "Onu eve geri götürmeliyiz."

"Evet." dedi Ma. "Aptalca davranıyor. Kim bilir başına neler gelecek!"

Altın Balık Satan Adam sakin bir şekilde, "Başarılı olabilir." dedi. "Kaderinizi değiştirebilir."

"Doruklara Uzanan Dağ'ı bulmaya çalışıyor." dedi Ma. "Ay'ın Yaşlı Adamı'na soru soracakmış! Başarılı olmasının hiçbir yolu yok."

"Evet." dedi Ba. "Bu imkânsız."

Altın Balık Satan Adam üçüncü kez Ma ve Ba'ya baktı. Ve bu kez adam onlara bakınca Ma ve Ba kendilerini çok farklı hissettiler. Olumsuz düşünceler sanki onlardan uzaklaştı. Hatta söylediklerinden dolayı açıklanamayacak bir utanç duydular.

"İzin verin size bir hikâye anlatayım." dedi Altın Balık Satan Adam.

ALTIN BALIK SATAN ADAM'IN MASALI

Büyük annem, Lu-Lu çok ünlü bir kâhindi. Uzak köylerden gelen insanlar evimizin önünde kuyruklar oluşturur, evlenmek için şanslı adaylar ve çocukları için kehanetler sorarlardı. Yanıldıysa da bugüne kadar biz hiç duymadık.

On dokuzuncu doğum günümden bir hafta önce, odasında inlediğini duyduk. Odaya koştuğumuzda, çevreye saçılmış kehanet çubuklarıyla onu yerde oturmuş bir hâlde bulduk. Odaya girmemle birlikte gözleri bana odaklandı.

"Sen." dedi. "Sen gelecek hafta doğum gününde öleceksin."

Sanki odanın ortasına bomba düşmüştü. Ebeveynim, teyzelerim ve kuzenlerim feryat etmeye başladılar. "Doğru söylüyorum, doğru söylüyorum." diye ısrar etti büyük annem. "Tekrar tekrar kontrol ettim. Ve çubuklar her zaman aynı şeyi söyledi. Gelecek hafta on dokuzuncu doğum gününde ölecek. Bu onun kaderi."

İnanamıyordum. Bu nasıl olabilirdi ki? Ancak büyük anneme olan güvenim sonsuzdu, öyle diyorsa gerçek olmalıydı. Ailem etrafımda koşuştururken ben öylece dikildim. Sonunda, "Lu-Lu, yapabileceğim hiçbir şey yok mu?" diye sordum.

"Yapabileceğin tek bir şey var, ancak işe yarayıp yaramayacağından şüpheliyim." dedi.

"Söyle." dedim.

"Öncelikle, en iyisinden bir şişe şarap bulmalıyız ve bir kutu şekerleme yapmalıyız."

Bunun üzerine Lu-Lu köyün zengin derebeyine gitti ve en iyi şaraplarından bir şişe vermesi için onu ikna etti. Annem ve teyzelerim mutfağa koşup hiç olmadığı kadar özenle kekler, kurabiyeler ve şekerlemeler yaptılar. Nefis yiyeceklerin kokuları süslü kutuya koyulana dek çevreye yayıldı ve çevredeki hayvanların kapımıza doluşmasına neden oldu.

Ve sonra Lu-Lu odasına girip kehanet çubuklarını bir kez daha okudu. Dışarı çıktığında bana şekerleme kutusuyla birlikte bir şişe şarap verdi ve beni karşısına oturttu.

"Beni çok iyi dinle. Ne söylersem aynısını yapmak zorundasın. Yarın sabah köyün kuzeyine doğru yürüyeceksin. Ay, gökyüzünde belirmeye başlayana dek durma. Ay çıktığında karşında bir dağ ve dağın eteğinde de kitap okuyan yaşlı bir adam göreceksin. Şekerleme kutusunu ve şarabı açıp yanına koy, ancak o seninle konuşana dek tek bir kelime dahi etme. Kaderini değiştirebilmemiz için tek şansımız bu."

Ertesi sabah büyük annemin talimatlarını uyguladım ve tam da dediği gibi oldu. Gün boyunca yürüdüm ve güneş battığında karşımda neredeyse aya dokunacakmış gibi duran bir dağ belirdi. Hemen dibinde bacak bacak üstüne atmış yaşlı bir adam dev bir kitap okuyordu. Ayın ışığından adamın yüzü gümüş gibi parlıyordu. Şarabı ve şekerleme kutusunu açtım, sessizce yanına bıraktım. Ardından oturup beklemeye başladım.

Yaşlı adam beni fark etmedi ve okumaya devam etti. Şekerlemelerin havaya yayılan kokusu ağzımı sulandırmıştı ama hareket etmedim. Yaşlı adam her ne kadar kitabına dalmış olsa da, o da kokuyu almış olmalı ki, gözlerini sayfadan kaldırmadan uzanıp yemeye başladı.

Yaşlı adam ancak şişeyi bitirip son keki de ısırırken başını kaldırdı. Elinde yarı ısırılmış olan keke şaşkınlıkla bakıyordu.

"Birinin yemeğini yemişim." dedi kendi kendine. Başını kaldırdı ve benim yanında oturduğumu gördü. "Sen evlat, bu senin yiyeceğin miydi?"

"Evet." dedim ve eliyle işaret ederek daha yakına gelmemi istedi.

"Pekâlâ." dedi. "Burada ne yapıyorsun?"

O sakalını sıvazlarken ben de yaşlı adama hikâyemi anlattım. Bitirdiğimde hiçbir şey söylemeden sayfaları çevirmeye başladı. Sonunda başını salladı.

"Evet, bu doğru." dedi. "Senin on dokuz yıl yaşaman gerekiyor."

Kitabı bana çevirmesiyle birlikte ay ışığında sayfada adımı okudum. Adımın yanında ise on dokuz rakamı vardı.

Kendimi sormaktan alıkoyamadım. "Lütfen, bu kaderi değiştirmek için yapılabilecek bir şey yok mu?"

"Değiştirmek mi?" dedi yaşlı adam. Bu düşünce onu şaşırtmıştı. "Kaderi Kitabı'nı değiştirmek mi?"

"Evet." diye başımla onayladım.

"Şey." dedi yaşlı adam sakalını sıvazlamaya devam ederek. "Yemeğini yediğim için sana borçluyum."

Giysisinden bir boya fırçası çıkardı ve sayfayı inceledi. "Hımm." dedi kendi kendine. "Belki Eğer... Hayır... Belki de... Ah! Evet, işte böyle yapabiliriz!"

Ve kolay bir fırça darbesiyle on dokuzu doksan dokuza çevirdi. "Güzel." dedi bana dönerek. "Artık yaşaman için uzun yılların var. Güzel bir hayat sür."

Sonra kitabını kapadı, ayağa kalktı ve dağa doğru yürümeye başladı. Ben arkasından bakakalmıştım. Gözden kaybolana dek orada oturdum, sonra evime geri döndüm.

Sonraki hafta, on dokuzuncu doğum günümde korkunç bir kasırga oldu. Rüzgâr hiç olmadığı kadar hızlı uludu ve evimizin çatısına bir ağaç düştü. Ağaç tam da odama inmiş ve ben kıl payı kurtulmuştum. Biraz daha yana düşseydi ölebilirdim. Ancak yıkıntıların arasından çıkmamla birlikte büyük annemin gözlerini bana diktiğini fark ettim. Sessizce başıyla onayladı. Bir şey söylemesine gerek yoktu. Kaderimin değiştiğini biliyordum.

"Ama Minli'nin yapmaya çalıştığı şey farklı." diye söze başladı Ba. "Doruklara Uzanan Dağ'ı bulmaya çalışıyor... Sorular sormak istiyor... O sadece küçük bir kız..."

"Belki de öyledir." dedi Altın Balık Satan Adam. "Ama ona güvenmek zorundasınız."

"Ama..." dedi Ma. "İstediği şey imkânsız."

"İmkânsız mı?" diye sordu Altın Balık Satan Adam. "Görmüyor musunuz? Kader Kitabı'nda yazanlar bile değiştirilebiliyor. Bir şey nasıl imkânsız olabilir ki?"

Ma ve Ba söyleyecek söz bulamıyordu. Altın Balık Satan Adam'ın ve hemen arkasındaki yüzlerce balığın gözleri onları azarlar gibiydi. Yere bakmalarıyla birlikte Altın Balık Satan Adam çantasının yerini değiştirdi ve arabasına yöneldi.

"Bu hediyeyi alın." dedi ve Ba'nın titremekte olan ellerine bir kavanoz bıraktı. Balık, ayın gümüş rengine sahip balık kavanozunun içinde daireler çiziyordu. "Kızınızın Doruklara Uzanan Dağ'ı bulabileceğine inanmasanız bile, eve geri döneceğinden emin olabilirsiniz. Çünkü bu imkânsız değil. Minli iyi haberle gelsin ya da gelmesin, size bol şans diliyorum."

Ve Altın Balık Satan Adam selam verdikten sonra yürüyüp uzaklaştı. Altın balık kavanozları havaya gökkuşağı renkleri saçıyor ve bunların güneşte parıldamasını sağlıyordu. Ma ve Ba, Altın Balık Satan Adamı uzakta bir yıldızı andıracak hâle gelene kadar durup izledi.

13. BÖLÜM

Minli, ejderhanın serbest kalmasını sağlarken bıçağıda kestiği iplerden ötürü körleşmişti. Parmaklarının ve ayağının derisi uzun süre ejderhanın gözyaşlarının içinde kalmaktan buruş buruş olmuştu. Aynı zamanda çok da susamıştı.

Ejderha, onu tatlı suya kadar taşımayı teklif etti. Ormanı çok iyi biliyordu. "Oraya çok daha çabuk ulaşabilirsin." dedi.

Minli'nin ejderhanın üzerinde nasıl gideceği konusunda bazı şüpheleri vardı. Yarısı suyun içinde olduğu için üzerine tırmanmak daha kolay olmuştu. Ama şimdi toprağın üzerinde Minli, ejderhanın ne kadar büyük olduğunu fark ediyordu. Evinin önündeki yol kadar uzundu. Ayakları üzerinde yükseldiğinde ağaçtaki bir kuşun yuvasına kadar uzanabiliyordu. Ama şimdi eğilse bile Minli için hâlâ ulaşması çok güçtü.

Ama ejderha bileğini Minli'ye uzattı ve Minli de kendini yukarı çekip ejderhanın üzerine tırmandı. Ejderhanın başındaki yuvarlak top, küçük bir karpuz büyüklüğündeydi. Yine de Minli'nin iki eliyle kavrayabileceği kadar büyüktü, basamak olarak kullanmasını istedi. Ejderha hareket edince Minli, ona tutundu.

Ejderha hızlıydı, ama çok da hızlı olduğu söylenemezdi. Çevikti, ancak dev gövdesiyle sürekli ağaçlar ve kayaların çevresinde manevra yapmak zorunda kalıyordu, bu yüzden yürüyüşü çok tuhaftı. Minli kendini devasa bir sığırın üstünde gibi hissediyordu.

Ejderhanın dalların altından geçip ağaçların etrafından dolaşmasını görünce Minli çoğu ejderhanın neden uçtuğunu daha iyi anladı.

"Ejderha." dedi birden Minli. "Sen kaç yaşındasın?"

"Yaş mı?" diye karşılık verdi ejderha. Bu da ona daha önce hiç sorulmamış sorulardan biriydi. "Bilmiyorum."

"Peki, ne kadar zamandır bu ormandasın?" diye sordu bu kez Minli.

Ejderha uzun bir süre düşündü. "Uzun zamandır." dedi. "Gökyüzünden bir kuşun uçtuğunu ve yere bir şeftali çekirdeği düşürdüğünü hatırlıyorum. Sonra o çekirdek bir ağaca dönüştü, ağaç büyüyünce şeftalileri döküldü. Böylece daha çok ağaç büyüdü. O kadar çok ağaç yetişti ki, sonunda maymunların ele geçirdiği bir orman hâlini aldı."

Ağaçların büyümesini hesap edersek o çok yaşlı, diye düşündü Minli kendi kendine. Ejderha en az yüz yıldır bu ormanda olmalı. Ve ejderhayı yalnız, uçamayan, sürekli ağaçların ve dalların arasında savaş verirken düşününce içi sızladı.

Düşüncelerini bir kenara bırakıp tatlı sudan içtikten sonra Minli yeniden ejderhanın sırtına tırmandı. Çok geçmeden başı ejderhanın topunun üzerinde ve elinde pirinç kâsesiyle uyuya kaldı. Minli'nin uyuduğunu fark eden ejderha daha yavaş ve sessiz hareket etmeye özen gösterdi. Minli'nin pusulasındaki su sıçrayıp burnuna damladığında bile sesini çıkarmadı.

Yüksek bir çığlığın ormanı inletmesiyle Minli de uyandı. Bu o kadar şiddetli ve vahşi bir sesti ki, gözleri korkuyla açıldı.

"Endişelenme." dedi ejderha ona. "Bu maymunların sesi."

Ses gerçekten de maymunlardan geliyordu. Güneşin batmak üzere olmasına karşın Minli ağaçlardaki maymunları görebiliyordu. Her ne kadar kaç tane olduklarını sayamasa da, binlerce varmışçasına sesler çıkarıyorlardı.

"Şeftali ağaçlarına yaklaşıyoruz." dedi ejderha, Minli'ye. "Ve onlar da buna öfkeleniyor."

"Burada dur." dedi Minli. Ejderhanın sırtından indi. Yaprak ve ağaçların arasındaki maymunları hâlâ görebiliyordu, sivri dişleri parıldıyordu.

"O şeftali ağaçları tam da bizim gitmemiz gereken yönde." dedi Minli. "Maymunları atlatmamız gerek."

"Zor kullanarak ilerleyebilirim, ama bu kez de maymunlar sana saldırır." dedi ejderha. "Sen zarar görmeden o yolu geçebileceğimizden emin değilim. Onları bir dinle."

Ve maymunlar çığlıklar atmaya devam ettiler. Minli elleriyle kulaklarını kapadı ancak hâlâ seslerini duyuyordu. Tiz bir sesle bağırıyorlardı. "Git buradan! Bizim! Bizim! Hepsi bizim!"

"Haklısın." dedi Minli, ejderhaya. "Geçmemize izin vermeyecekler."

"Ama Ay'ın Yaşlı Adamı'na ancak buradan gidebileceğimizi söylemiştin," dedi ejderha. "Öyle değil mi?"

Minli, onu başıyla onayladı. Maymunların çığlıkları histerik birer kahkahaya dönüşmüştü, patlamak üzere olan bir volkan gibi git gide artıyordu. Minli çevresine bakındı, ama maymunlar her yeri sarmış gibiydi. Onlardan kurtulabilmenin bir yolu yoktu.

"Peki, o hâlde ne yapacağız?" diye sordu ejderha.

14. BÖLÜM

Minli ve ejderha açık alanda oturup geceyi geçirmek üzere kamp kurdular. Güneşin batıp ayın yükselmesiyle, ejderha, ona pençelerini taşa sürterek nasıl kıvılcımlar çıkaracağını gösterdi. Ve böylelikle küçük bir kamp ateşi yaktılar. Minli ve ejderhanın ormanın derinliklerine gitmek için hareket edince maymunlar da sessizleştiler. Ama hâlâ onları gözlüyorlardı.

"Orada herkese yetecek kadar şeftali var." dedi ejderha. "Maymunlar bu kadar açgözlü olmak zorunda değil."

"Gerçekten mi?" diye sordu Minli.

"Evet." diye karşılık verdi ejderha. "Maymunlar çok aptal. Hep daha fazlasını istiyorlar, oysa buna ihtiyaçları yok. Onları çürük mantarlar için çamur yığınları içinde kavga ederken çok gördüm."

Bu sözlerin ardından Minli ayağa kalktı ve gözleri parladı. Çamur yığını! Birden köyü terk ederken bir çamur yığını için kavga eden çocukları hatırlamıştı. Akşam yemeği için eve girmek yerine, çocuklar sözde çamurdan yiyecekler için kavga ediyorlardı. Çok aptallardı. Peki, maymunlar da bu kadar aptal olabilir miydi? Anlaşma ya da rüşvet kabul etmeyecek kadar bencildiler. Ama belki de bu kadar açgözlü olmaları sayesinde kandırılmaları mümkün olabilirdi! Minli. Birden, "Pirinç pişireceğim." dedi.

"Ah, çok acıkmış olmalısın." diye karşılık verdi ejderha. "Sana biraz şeftali bulamıyor olmamız ne kötü."

"Bu benim için değil." dedi ve gizemli bir şekilde gülümsedi. "Bu maymunlar için."

"Maymunlar mı?" diye sordu ejderha. "Neden? Eğer bir hediye ya da rüşvet olarak düşünüyorsan, işe yaramayacaktır. Onu alıp yerler ama yine de geçmene izin vermezler."

"İşte ben de tam böyle olmasını umuyorum." dedi Minli ve tencerenin içine pirinçle birlikte su doldurdu. Ejderhaya planını anlatmak için sabırsızlanıyordu ancak maymunların konuştuklarını anlayıp anlayamayacaklarından emin olamıyordu. Parlayan gözlerle ejderhaya baktı ama o boş boş bakıyordu.

"Neyi bekliyorsun?" diye sordu ejderha. "Anlamıyorum."

"Endişelenme." dedi Minli heyecanla. Suyun kaynamaya başladığını hissedebiliyordu. "Sanırım maymunları nasıl atlatacağımızı biliyorum."

Minli büyük pirinç tenceresini karıştırırken ejderha da onu izliyordu. Yükselen buharın ardında yaprakların arasında toplaşan maymunların elmas gibi parlayan boncuk gözlerini görebiliyordu. Ejderha, Minli'ye, "Maymunlar bizi seyrediyor." diye fısıldadı.

"İyi." diye yanıtladı fısıltıyla Minli. "Umarım seyrediyorlardır."

Tencereden kar gibi beyaz pirinç taneleri taşmaya başladı. Tencere o kadar ağırlaşmıştı ki, soğuması için ateşten alırken Minli, ejderhadan yardım istemek zorunda kaldı. Ejderha'dan tencereyi maymunların izlemekte olduğu ağaçlara yakın bir yere koymasını istedi. Ardından balık ağını pirinç ve tencerenin üzerine bağladı.

Minli ve ejderha arkalarını döner dönmez maymunların kendi aralarında konuşmaya başladıklarını duydular.

"Balık ağının maymunları engelleyeceğini düşünmüyorum." dedi ejderha. "Sıkı bir örgüsü var ama yine de elleri arasından geçebilir."

"Biliyorum." dedi Minli ateşi söndürürken. "Pirinç güvendeymiş ve onu soğumaya bırakıyormuşuz gibi davranalım."

Her ne kadar aklı karışmış olsa da, ejderha başıyla onayladı. Pirinçten uzak ama onu görebilecekleri bir yere çekildiler. Ateşi söndürdüler ve uyuyormuş gibi yaptılar.

Oysa Minli etrafı gözetlemeden duramıyordu. Kıpırdamadan yatmaya çalışmasına karşın çok heyecanlıydı. Planı işe yarayacak mıydı? Maymunlar pirinci alacak mıydı?

Ayın parlak ışığında maymunlar onlara şöyle bir göz atıp sinsice pirince doğru süzüldüler. Ejderha haklıydı, tam da onun söylediği gibi ağın maymunları durdurması mümkün değildi. İnce elleri ağın deliklerinden geçti ve hepsi teker teker pirinçten bir avuç aldılar. Ama maymunlar pirinci almak istedikçe elleri ağa takıldı. Elleri boşken ağın deliklerinden geçirebiliyorlardı ama doluyken geçiremediler.

Maymunlar çığlıklar atarak ağın deliklerinde sıkışıp, kalan ellerini çekiştiriyorlardı, ama bu arada Minli ve ejderha uyuyor numarası yapmayı bırakmışlardı. Maymunlar pirinç dolu elleriyle havayı ve birbirlerini yumruklarken onların bu hâline kahkahalarla güldüler.

Minli hızla eşyalarını topladı ve maymunlar çığlıklar atarken yanlarından geçip gittiler. Maymunlar kurtulmak için o kadar vahşice davranıyorlardı ki ağır tencere sallanmaya başlamıştı. Ama ağ çok sağlam görünüyordu. Maymunlar pirinci bırakmayacak kadar açgözlü oldukları için, Minli ve ejderha rahatlıkla şeftali korusuna girip ormanın derinliklerine doğru ilerlediler.

15. BÖLÜM

Ma ve Ba, Ba'nın yaktığı küçük ateşin önüne oturmuşlardı. Minli'yi bulamamış olmanın verdiği hayal kırıklığı onları yorgunluklarını kabullenmeye zorlamıştı. Gün boyunca ağaç dallarının gölgesinde uyumuş, balıklarını nöbetçi olarak bırakmışlardı.

Uyandıklarında akşam olmak üzereydi ama ikisi de hareket etmedi. Konuşmadılar da, eve geri dönmek ya da yola devam etmek konusunda ikisi de kararsızdı.

Güneş ufukta rengârenk kıvılcımlar saçıp geceye teslim olmadan önce hoşça kal derken, Ma, Ba'ya bir kâse pirinç lapası verdi. Yemeklerini yerken ikisi de konuşmadı, Altın Balık Satan Adam'ın sözlerini düşünüyorlardı. Minli'ye kaderlerini değiştirmesi için izin vermeliler miydi? Aramaya bir son verip Altın Balık Satan Adam'ın da dediği gibi kızlarına güvenmeleri mi gerekiyordu? Ba derin bir nefes aldı.

Sesli bir şekilde kendi kendine, "Minli'yi bulmaya çalışmak mutluluğun reçetesini aramak gibi bir şey." dedi.

"Mutluluk reçetesi mi?" dedi bir ses. Ba hızla çevresine bakındı. Bunu kim söylemişti? Ma'ya baktı, ama o olanlardan habersiz lapasını karıştırmaya devam ediyordu. Ba başını iki yana salladı. Belki de yorgunluktan garip sesler duymaya başlamıştı.

"Masalı anlat yaşlı adam. Karın seni dinliyor." dedi ses tekrar. "İtiraf etmeyecektir ama o da masalı öğrenmek istiyor."

Ba bir kez daha çevresine bakındı. Ses sanki... Altın balıktan geliyor gibiydi. Kavanoza daha yakından baktı. Balığın bu kadar parlak olmasını sağlayan yaktıkları ateş miydi? Balık âdeta masalın anlatılmasını beklercesine sakin bir şekilde Ba'ya baktı. Böylece Ba derin bir nefes aldı ve masalı anlatmaya başladı.

MUTLULUĞUN REÇETESİNİN MASALI

Uzun, çok uzun bir zaman önce mutluluklarıyla ün salmış bir aile vardı. Böyle bir şey herkese tuhaf gelse de onlar gerçekten olağandışı bir aileydi. Teyzeler, amcalar, kuzenler ve torunlar birlikte yaşadıkları hâlde, asla aralarında bir anlaşmazlık olmaz, birbirlerine karşı seslerini yükseltmezlerdi. Hepsi nazik ve düşünceli insanlardı. Tavuklar yem için birbirleriyle kavga etmezlerdi. Bebeklerin bile gülümseyerek doğdukları söylenirdi.

Mutluluklarının hikâyesi rüzgârdaki tohumlar gibi yayılır, filizlenir âdeta çiçek açardı. Sonunda Kaplan Derebeyi de onlardan haberdar oldu. Her ne kadar görevine yeni başlamış olsa da, (Bu oğlunun doğumundan çok uzun zaman önceydi.) öfkeli, âdeta kükreyen derebeyine çoktan Kaplan Derebeyi adı verilmişti. "Mümkün değil." diye alay etti. "Anlatılanlar abartılıyor. Hiçbir aile o kadar mutlu olamaz." Yine de meraklanmıştı ve aileyi izlemesi için bir casus gönderdi. Casus şaşkınlıkla geri döndü. "Yüce efendimiz, aynı anlattıkları gibi. "Bir dolunay boyunca aileyi izledim. Tek bir olumsuzluk ya da öfke belirtisi görmedim. Yetişkinler sevgi dolu ve sadık, çocuklar sıcakkanlı ve saygılı. Ve büyük babalarına tanrıları bile kıskandıracak bir saygı gösteriyorlar. Köpekler dahi havlamak yerine sabırla beslenmeyi bekliyor. Ailenin tamamı uyum içinde."

Derebeyi hayretler içinde, "Bu imkânsız." dedi.

Ama düşündükçe daha çok meraklanmaya başlamıştı. Bu ailenin sırrı neydi? Ellerinde bir büyü ya da gizli bir bilgi olmalıydı. Ailenin mutluluğuna gıpta etmeye başladı. Ben derebeyiyim, diye düşündü. Eğer mutluluğun sırrı varsa, ona ben sahip olmalıyım.

Böylece casusunu geri çağırdı. Ona ağır, üzeri kaplı bir sandık ve bir bölük asker verdi.

"Ailenin yanına dön." diye emir verdi Kaplan Derebeyi. "Ve onlara mutluluklarının sırrını bu kutuya koymalarını istediğimi söyle. Sırrı vermezlerse askerler evlerini yok etsinler."

Casus söylendiği gibi yaptı. Asker birliği evi kuşattığında aile onlara korkuyla baktı. Ancak derebeyinin emrinin bildirilmesiyle birlikte, büyük baba gülümsedi. "Bu çok kolay." dedi. Sandığın evin içine getirilmesini istedi ve birkaç dakika sonra geri döndü. "Tamamdır. Mutluluğumuzun sırrını bu sandığın içine koydum." dedi ve devam etti. "Onu alabilirsiniz. Derebeyimize yararlı olacağını umuyorum."

Her şeyin bu kadar kolay olmasına şaşırmıştı, ama itiraz edecek bir şey bulamadığı için askerleri ve sandığı alıp saraya doğru yola çıktı.

Casus, derebeyinin dönüşlerini sabırsızlıkla bekleyeceğini bildiği için hiç mola vermedi. Askerler gecenin karanlığında ay ışığıyla yol aldılar. Dört adam tarafından taşınan sandık karanlıkta parıldıyordu.

Nasıl olduysa, zeminin kayalık olması ve dikleşmesiyle birlikte aniden bir rüzgâr çıktı. Sanki dağ hareket ediyor gibiydi. Askerlerden biri yükselen tozun arasında tökezledi ve sandık yere yuvarlandı. Kapağın açılmasıyla birlikte içinden serbest bırakılmış bir kelebek gibi bir sayfa uçuverdi.

"Yakalayın onu!" diye bağırdı casus askerlerine. "Sakın sırrı kaybetmeyin!"

Ancak bağrışlarına karşın, kâğıt askerlerin ellerinden uçup gitmişti. Askerlerden biri kâğıdı neredeyse yakaladı, parmak uçları sayfaya dokunmak üzereydi ki, başka bir rüzgâr kâğıdı havalandırıp uzaklara uçurdu. Casus ve askerler sessizce kâğıdın daha da yükselmesini ve gökyüzünde aya doğru gözden kaybolmasını seyrettiler.

Casusun saraya boş bir sandıkla dönmekten başka çaresi yoktu. Hikâyeyi anlatmasıyla, Kaplan Derebeyi öfkeyle haykırdı. "Kayıp mı ettin? Bir kâğıt parçası mıydı?" diye kükredi. "Üzerinde ne yazıyordu?"

"Yüce efendimiz..." diye titredi casus. "Sırı size iletilmek üzere aldığımız için kâğıdı okumamıştım. Yine de uçuşurken üzerinde tek bir cümle yazdığını görebildim."

"Ne yazıyordu?" diye sordu bu kez derebeyi.

"Bilmiyorum efendimiz." dedi casus. "Ama onu elinden kıl payı kaçıran bir asker vardı. Belki de o kâğıtta ne yazdığını okuyabilmiştir."

Derebeyi askeri çağırdı. Selam veren asker bir çocuktan farksızdı ve derebeyinin ordusuna uzaktaki fakir bir köyden daha yeni katılmıştı.

"Sen..." dedi derebeyi. "Kâğıda en yakın olan kişi sendin. Sayfada ne yazıyordu?"

Çocuk kıpkırmızı oldu ve eğilip selam vermesiyle yüzü yere değdi.

"Yüce efendimiz, ben sizin zavallı hizmetkârınızım." dedi. "Sayfada yazanı görebilecek kadar yakındım ama okumam yazmam yok."

Kaplan Derebeyi öfkeyle kaşlarını çattı, casus ve asker korkudan titrediler.

"Ben... Ben bir şey fark ettim." dedi bu kez asker.

"Ne?" diye sordu derebeyi.

"Kâğıdın üzerinde tek bir sözcük vardı." dedi asker. "Cümle tekrar tekrar yazılmış aynı sözcükten oluşuyordu."

"Tek sözcük mü?" diye homurdandı derebeyi, öfkesinden âdeta gözlerinden ateşler çıkıyordu. "Mutluluğun sırrı tek bir sözcükte mi? Bu bir hileydi! Aile beni kandırabileceğini düşünmüş olmalı! Hemen bütün askerleri toplayın! Ben kendim gidip mutluluğun sırrını alacağım ve o aileyi cezalandıracağım!"

Böylece ertesi gün, Kaplan Derebeyi ve ordusunun tamamı yıkım için hazırlandı. Casus onları mutlu ailenin yaşadığı yere götürdü. Ama oraya vardıklarında hiçbir şey bulamadılar. Ne bir ev, ne tavuklar ya da koyunlar ne de aile oradaydı! Aksine sanki evin tamamı dünya üzerinden silinmiş gibi dümdüz bir alan vardı.

Kaplan Derebeyi boş alana çatık kaşlarla bakıp öfkeyle bağırmaya başladı ve aileyi itaatsızlıklarından dolayı cezalandıracağını haykırdı. Ancak o ateş püskürürken rüzgâr esmeye başladı ve çevresini grimsi yeşil bir tozla çevirdi. Derebeyi âdeta yeşil pudralı bir heykel gibi ortada dikilirken gökyüzünün ona güldüğünü hissedebiliyordu.

"İşte bu yüzden sanırım, Minli de gizli sözcük ve mutluluğun reçetesi gibi bulunmamalı." dedi Ba. Ma'ya baktı ve her ne kadar bakışlarını ondan kaçırsa da, Ma itiraz etmedi.

Ba yumuşak bir sesle devam etti. "Ve yarın eve geri dönüp gelmesini beklemeliyiz."

Ma yine tek bir şey söyledi, belki de Ba ona bakıyor olduğu için hafifçe başıyla onayladı. Ba da ona başını salladı, sessizce biraz pirinç alıp balığın kavanozuna bıraktı.

16. BÖLÜM

Lezzetli şeftalilerin keyifle tadına bakan Minli ve ejderha günlerce ormanın içinde yürüdüler. Gece olup da ejderha uyuduğunda Minli, Ma ve Ba'yı ne kadar özlediğini fark etti. Endişelendiği zaman kendi kendine, "Ama bu bizim kaderimiz, böylece artık çok fazla çalışmak zorunda kalmayacaklar." diye teselli etti. "Geri döndüğümde Ba çalışmayıp dinlenecek ve Ma bir daha asla mutsuzluktan iç çekmeyecek dedi ancak ay karşısında huzursuz görünüyordu.

Minli ve ejderha bir su kenarına geldiler. Uzakta ormanın devam ettiğini görebiliyorlardı. Pusula suyun karşısını işaret ettiği için, ejderha, Minli'yi sırtına alıp minik körfezi geçti.

"Doruklara Uzanan Dağ'a ulaşmak için daha ne kadar gitmemiz gerekiyor?" diye sordu.

"Şey..." dedi Minli. "Balık, Parlak Ay Işığı Şehri'ne ulaşana kadar batıya gitmemi söyledi. Oraya varınca Şehrin Muhafızı'nı bulmam gerekiyor."

"Muhafız mı?" diye sordu ejderha. "Kimmiş o?"

"Pek emin değilim." dedi Minli. "Sanırım şehrin kralıdır. Onu bulur bulmaz Ödünç Çizgi'yi sormam gerekiyor. Balığın söylediğine göre, bu Doruklara Uzanan Dağ'ı bulmak için ihtiyaç duyacağım bir şeymiş."

"Ödünç Çizgi mi?" diye sordu bu kez ejderha. "O da ne?"

"Bilmiyorum." dedi Minli. "Balık bir şey söylemedi."

"Sormadın mı?" ejderha neredeyse şaşkınlıktan yüzmeyi unutup bir an için durdu.

"Onu geciktirmek istemedim." dedi Minli. "Bir hayli acelesi vardı."

Ejderha başını onaylamaz bir şekilde iki yana salladı ve tam bir şey söylemek için ağzını açtığı sırada hemen yanlarında suyun içinden tuhaf bir ses duydular.

"Jin teyze! Jin teyze!" diye seslendi ses. "Bu sen misin? Söylediğin gibi geri mi geldin?"

Ejderha ve Minli suya baktı ve siyah yüzgeçli büyük turuncu bir balık gördüler. Minli'nin balığına çok benziyordu ancak bu daha büyüktü.

鯉鱼跳龍門

"Sanırım beni bir başkasıyla karıştırdınız." dedi Minli, balığa.

"Ben ejderhayla konuşuyordum." dedi balık. "Ama sanırım sen de Jin teyze olamazsın."

"Şey..." dedi ejderha ve balığa çarpık bir gülümsemeyle baktı. "İkimizden birinin seninle akraba olması çok tuhaf olurdu doğrusu, balık. Neden teyzen olduğumu düşündün?"

"Çünkü Jin teyze her zaman geri dönüp Ejderha Geçidi'nin gerçek olduğunu bize kanıtlayacağını söylerdi." dedi balık.

"Ne demek istiyorsun?" diye sordu Minli. "Ejderha Geçidi mi? O da ne?"

EJDERHA GEÇİDİ'NİN MASALI

Her ne kadar balıkların çoğu bugüne dek Ejderha Geçidi'ni görmemiş olsa da, hepimiz onu iyi biliyoruz. Belki de bu masal bize daha yumurtadayken dalgalar tarafından anlatıldı ya da nilüfer çiçeklerinin kökleri tarafından fısıldandı.

Hepimiz dünya üzerindeki nehirlerden birinde çok büyük ve güçlü bir şelale olduğunu biliyoruz. O kadar yüksek ve *o kadar büyüktür ki, su âdeta cennetteki bir delikten fışkırıyor gibidir. Şelalenin tepesinde, kimsenin göremeyeceği bir yerde ise Ejderha Geçidi yükselir.*

Ejderha Geçidi, gökyüzüne giriş kapısıdır. O kadar eskidir ki, gri taştan sütunları, üzerinde durduğu dağdan yükseliyor gibidir. Rüzgâr ve zaman geçidin üzerinde cennetin beş renkli bulutlarını anlatan sıralı levhalarını yıpratmıştır.

Levhaların yukarısında sisli gökyüzüyle aynı rengi taşıyan kemerler yer alır. Dokuz yüz doksan dokuz küçük ejderha oyması bu üst üste sıralanmış yükseltiyi süsler. Her bir ejderha en küçük ayrıntısına kadar resmedilmiştir ve her ne kadar yıpranmış olsalar da, siyah inci gözleri hâlâ gizemli bir güçle parlamaya devam eder. Bunun nedeni, bu ejderhaların sadece süsten ibaret olmayışıdır. Onlar Ejderha Geçidi'nin sırlarını saklar.

Eğer bir balık şelaleden yukarı doğru yüzüp geçitten geçebilirse, ejderhalar güçle sarsılacaktır. Balığın geçidi geçmesiyle, ruhu içeri girer ve süslemelerden birini dışarı çıkarır. Böylece balık uçabilen bir ejderhaya dönüşür!

"Yani Ejderha Geçidi, balıkları ejderhalara dönüştürüyor. Bu hepimizin kalbinin derinliklerinde taşıdığı bir dilek." diye sözlerini bitirdi. "Bu masalı ilk kimin anlattığını bilmiyoruz, gerçek olup olmadığını da. Ama Jin teyze o şelaleyi bulmaya kararlıydı. Dünyadaki tüm nehirleri arayacağını ve onu bulursa bize göstermek için bir ejderha olarak buraya döneceğini söylemişti. İşte bu yüzden bir an için sizin Jin teyze olabileceğinizi düşündüm."

"Teyzen sana benziyor muydu?" diye sordu Minli. "Siyah yüzgeçli turuncu bir balık mıydı?"

"Evet ama çok daha küçük, gümüş bir para kadar."

"O kadar küçük bir balığın şelaleden yukarı yüzebilmesi pek de olası değil." dedi ejderha. "Doğru nehri bulabilse dahi, geçide ulaşması mümkün olmayabilir."

"Eğer gerçekten bir geçit varsa, Jin teyze, ona ulaşmanın bir yolunu bulacaktır." dedi balık. "O çok bilgedir. Onu tanısaydınız, ne demek istediğimi anlardınız."

"Belki de onu tanıyor olabilirim." dedi Minli yumuşak bir sesle, serbest bıraktığı altın balığı düşünüyordu. Biri hariç tüm nehirlerde yüzmüş olan o altın balık, Ejderha Geçidi'ni arayan Jin teyze olabilir miydi?

Balık, Minli'nin düşüncelerini bölerek ejderhaya, "Siz Jin teyze olmadığınıza göre." dedi ve devam etti. "Neden nehri geçmeye çalışıyorsunuz? Neden uçmuyorsun?"

Ejderhanın rahatsız olduğunu gören Minli, onun yerine cevap verdi. "O uçamıyor. Ay'ın Yaşlı Adamı'nı görmeye gidiyoruz, ona nasıl uçabileceğini soracağız. Ancak Parlak Ay Işığı Şehri'ne gidebilmek için öncelikle nehri geçmemiz gerekiyor."

"Ay'ın Yaşlı Adamı mı?" diye sordu balık. "Bol şans! Onu bulmak Ejderha Geçidi'ni bulmaktan daha zor olacaktır."

Minli ve ejderha birbirlerine bakıp omuz silktiler.

"Ama Parlak Ay Işığı Şehri ormanın gerisindedir. Bu taraftan yüzerseniz onu daha rahat görebilirsiniz." dedi balık.

Minli ve ejderha o yöne baktıklarında tam da balığın söylediği gibi şehri gördüler. Dev bir yamalı perdeyi andıran muazzam duvar, binlerce evden oluşan şehri sarmalıyordu. Kırmızı sütunları ve altın kubbesiyle şehrin gerisinde binaların ortasında parlayan saray; deniztaraklarına benzeyen çatıların üzerinden dalgalarda süzülen ihtişamlı bir tekneyi andırıyordu.

Bu kadar uzaktan bile şehir büyüleyici görünüyordu.

"Eğer Parlak Ay Işığı Şehri'nde mola vermeyi düşünüyorsanız." diye devam etti balık. "Bence ejderha burada kalıp saklansa daha iyi olur. Parlak Ay Işığı Şehri'nin insanları gerçek bir ejderha gördüklerinde korkabilirler. Buralarda en son yüz yıl önce bir ejderha görülmüştü ve o da kralın babasının batıdaki sarayını yerle bir etmişti. Bu nedenle size çok iyi davranmayabilirler."

"Bunu öğrenmemiz iyi oldu." dedi Minli. "Şehre tek başıma gitsem çok daha iyi olacak."

"Evet." diye onayladı ejderha. "Ormanın sonunda saklanıp seni bekleyebilirim."

"Gece kapıları kapatırlar." dedi balık. "Yani eğer gece şehre girersen sabaha kadar orada kalman gerekir."

"Endişelenme." dedi ejderha, Minli'ye. "Seni bekleyeceğim."

"Pekâlâ, neredeyse karaya vardık." dedi balık. "Ben burada ayrılıyorum. Eğer başka bir ejderha görürseniz, lütfen Jin teyze olup olmadığını sorun. Dilerim Ay'ın Yaşlı Adamı'na ulaşabilirsiniz. İyi şanslar!"

Minli ve ejderha, balığın yüzerek uzaklaşmasını izlediler. Ve ardından Parlak Ay Işığı Şehri'ne doğru yola koyuldular.

17. BÖLÜM

Minli gri taş duvarın yanına geldiğinde şaşkınlıktan neredeyse küçükdilini yutuyordu. Girişi gösteren iki aslan heykeli geçerken arkasına doğru şöyle bir baktı. Minli her ne kadar sadece ağaçları ve gölgeleri görebilse de, ejderhanın orada saklandığını biliyordu. Hızla kapıdan geçip orman ve ejderhayı arkasında bıraktı.

Kapının kapanmasıyla birlikte Minli etrafını izlemeye başladı. Sokaklar kalabalık ve hareketliydi; şehir insanlarla dolup taşıyordu. İnsanlar hızla yanlarından geçerken meyve ve ayakkabı satan pazarcılar bağrışıyor, diğerleriyse el arabalarını itiyor ya da sepetlerini omuzlarında taşımaya çalışıyorlardı. Minli'den bir ya da iki yaş büyük bir erkek çocuk çamurlu iri bir sığırla ortalıkta dolanıyordu ve bu durumu sıradan bir şeymiş gibi kimse umursamıyordu.

Minli'nin arkasındaki huysuz adam, "Dikkat et küçük fare." dedi ve sepetindeki lahanalardan kaçabilmek için Minli kalabalığın arasına karışmak zorunda kaldı. İtilip kakılınca Minli sığırıyla birlikte gelen çocuğun koluna yapıştı.

"Merhaba." dedi Minli. "Kralı görmek için nereye gitmem gerekiyor?"

"Kral mı?" Çocuk, Minli'ye şaşkınlıkla baktı. "Saraya gitmen gerekiyor."

"Peki, saraya nasıl gidebilirim?" diye sordu Minli bu kez.

"Siyah taşları takip et." dedi çocuk ve cilalı taşlarla döşenmiş yolu işaret etti. "Seni şehre götürürler."

"Dur biraz." dedi Minli. "Burası şehir değil mi? Saray başka bir yerde mi?"

"Buralardan değilsin sanırım." diye gülmeye başladı çocuk. "Parlak Ay Işığı Şehri ikiye ayrılır. Bu herkesin içinde yaşadığı ve rahatça dolaştığı Dış Şehir. Saraysa kral ve yetkililerin yaşadığı İç Şehir'de. İç Şehir'e gidebilmek için iznin olmalı. Yoksa kralı ya da sarayı göremezsin. İç Şehir'i koruyan binlerce muhafız var. İznin olmadan geçmene müsaade etmeyeceklerdir."

"Bir yolunu bulacağım." dedi Minli kendinden emin bir şekilde. "Teşekkürler." Ardından çocuğun kolunu bırakıp siyah taşlı yolu takip etti.

Ancak Minli, İç Şehir'e yaklaşmasıyla birlikte, çocuğun haklı olduğunu gördü. İç Şehir'in kırmızı duvarları korkutucu bir şekilde yükseliyordu. Ve süslü, altın giriş kapılarının hepsi, gümüş zırhları güneşte parlayan en az iki asker tarafından korunuyordu. İç Şehir'e ulaşmak, sarayı bulup krala ulaşmaktan çok daha korkutucu bir görevdi.

"Ama yapmalıyım." dedi Minli kendi kendine. Muhafızların yüz ifadeleri o kadar sertti ki, Minli korkudan titredi. Meyve tezgâhları ve balıkçıların olduğu yere doğru yürürken eğer içeri girmek istersem, diye düşündü kendi kendine. Beni görmezden gelirler ya da kılıçlarıyla uzaklaştırırlar. Her iki şekilde de kralı görmem mümkün olamaz. Peki, o zaman ne yapacağım?

"Düşündüğün kadar kolay değilmiş, öyle değil mi?" dedi bir ses hemen yanı başında. Minli arkasını döndüğünde sığırıyla birlikte çocuğun orada olduğunu gördü.

Ona küçümseyici bir bakış attı. Erkek çocukları, diye düşündü. Her zaman her şeyi bildiklerini sanıyorlar. Yine de çocuğun haklı olduğunu kabul etmeliydi. Kralı nasıl görebileceğine dair hiçbir fikri yoktu. "İnsanların İç Şehir'e girmelerine izin vermeliler." dedi Minli.

"Veriyorlar." diye karşılık verdi çocuk. "Yılda bir kez Ay Festivali'nde kapıları herkese açarlar."

"Ay Festivali ne zaman?" diye sordu Minli.

"Çoktan yapıldı bile." dedi çocuk. "Gelecek seneye dek beklemen gerekecek."

Minli kararsızlıkla dudağını ısırdı. Peki, şimdi ne yapacaktı?

"Neden içeri girmeyi bu kadar çok istediğini bilmiyorum." dedi çocuk. "Binalar ve giysiler güzel ama insanları berbat! Bir avuç dolusu kendini beğenmiş kurbağadan farkları yok! Ay Festivali'nde seyislerden biri bana emir vermeye çalıştı ve kral olduğunu söyleyerek beni kandırabileceğini sandı. Ama neden Altın Ejderi takmadığını sorduğumda yalanının işe yaramayacağını anladı. Beni aptal mı zannetti? Herkes Altın Ejder'in sadece kral tarafından takılabileceğini bilir. Oradaki insanların hepsi aptal birer sığır!"

Çocuğun yanındaki sığırı bu sözcükler üzerine homurdandı. "Özür dilerim." dedi çocuk ve sığırının burnunu okşadı. "Öyle demek istemediğimi biliyorsun."

Bu sırada İç Şehir'in muhafızları onları fark etmişlerdi bile.

"Hey siz çocuklar!" diye bağırdı içlerinden biri. "Uzaklaşın buradan!"

Minli'nin kolunu çekiştiren çocuk, "Hadi gidelim buradan." dedi.

Minli onu ve sığırını takip etti. "Nereye gidiyorsun?" diye sordu çocuğa.

"Eve gidiyorum." diye karşılık verdi çocuk. "İstersen sen de gelebilirsin."

Ve Minli gidecek yeri olmadığı için bu teklifi kabul etti.

18. BÖLÜM

Minli, çocuğu labirenti andıran sokaklarda uzun bir süre takip etti. Eğer iri sığırını gözden kaybetmiş olsa, Minli şimdiye kadar yüzlerce kez kaybolmuş olurdu. "Çok uzak değil." demişti çocuk, ona.

Minli, çocuğun İç Şehir'den oldukça uzakta yaşadığını fark etmişti. Yol artık taşlı değildi, aksine pistti. Uzaktan baktığında bile Minli, Dış Şehir'in duvarlarının çatlaklarını görebiliyordu. "Ben şurada yaşıyorum." dedi çocuk ve ileride bir yeri işaret etti. Minli çamurlu yolun ilerisindeki, daha ilk rüzgârda devrilecekmiş gibi duran yıkık dökük kulübeye baktı.

Çocuk, sığırı doğruca kulübenin içine soktu ve Minli de arkalarından girdi. Küçük kulübeye şöyle bir göz gezdirdi. Minli'nin görebildiği tek mobilya; bir taburenin etrafındaki iki tahta sandıktı. Kulübenin dışında ise üzerinde eski bir tencere bulunan eski bir ocak vardı. Kulübenin kalanı iki kuru ot yığınıyla ikiye ayrılmıştı. Minli sığırın bu yığınlardan birinin üzerine gidip yatmasını izledi. Çocuk sığıra sevgi dolu hafifçe vurdu ve yerdeki tahta sandıklardan birini Minli'ye doğru itti.

"Al, otur." dedi ve kendini diğer ot yığının üstüne bıraktı. "Ve bana saraya neden bu kadar çok gitmek istediğini anlat."

"Gitmek istediğim yer saray değil." dedi Minli ve tabureye oturdu. "Ben kralı görmek istiyorum." dedikten sonra çocuğa tüm hikâyeyi anlattı. Balıktan söz ederken çocuğun yüzünün şüpheyle kırıştığını ve ejderhadan söz ederken başını iki yana salladığını gördü. Ama çocuk yine de Minli'nin sözünü kesmedi.

Minli anlatmayı bitirince çocuk, "Neden kralı görmek istediğini anlamıyorum." dedi. "Onu görsen bile, Ödünç Çizgi'yi sorup soramayacağından emin değilim. Özellikle de bunun ne olduğunu bile bilmezken!"

"Ama sormak zorundayım." dedi Minli. "Bir yolu olmalı."

"Pekâlâ, benim kafam yemek yedikten sonra daha iyi çalışır." dedi çocuk ve ayağa kalkıp sandıklardan birini açtı. "Haydi, yemek yiyelim."

Tencerenin içine bambu filizlerini attı ve ocağı yaktı, bu sırada Minli'de boş odaya bakıyordu.

"Burada yalnız mı yaşıyorsun?" diye sordu Minli.

"Hı hı." dedi çocuk ve başıyla onayladı. "Ailem dört yıl önce öldü. O günden beri sığırımla birlikte yaşıyoruz."

Umursamaz bir şekilde konuşuyordu, sesinde öfke ya da kendine acıma yoktu. Birden Minli kendi evini düşündü. Ma'nın her zaman sildiği tahta döşeme, rüzgâr estiğinde Ba'nın sırtına örttüğü battaniye geldi aklına ve boğazı düğüm düğüm oldu.

Çocuk ince dilimlenmiş sarı tahta parçalarını andıran pişmiş bambuyu bir tabağa koydu. Tabağı Minli'nin getirdiği üç şeftalinin de bulunduğu taburenin üzerine bıraktı. Birlikte bağdaş kurup yere oturdular. Minli kendi yemek çubuklarını çıkardı (Çünkü çocuğun sadece bir çift yemek çubuğu vardı.) ve tabureyi masa gibi kullanıp tek bir tabaktan yemeklerini yemeye başladılar.

"Teyzelerin ya da amcaların yok mu?" diye sordu Minli. "Başka akraba ya da arkadaşların?"

"Şey..." dedi çocuk. Şeftalilerden birini sığırına verdi ve biraz tereddüt ettikten sonra, "Aslında bir arkadaşım var." dedi. Minli, çocuğun suratının birden değişmesine şaşırmıştı. Yüzünün sert hatları yeni açan bir çiçek gibi yumuşamış, nazik bir şekilde gülümsemişti.

"Peki, kim?" diye sordu Minli.

SIĞIRI OLAN ÇOCUK MASALI

Bazen, sıcak yaz günlerinde burada sığırım için yeterli su olmaz ve ben de onu şehrin dışına çıkarıp ormana götürmeyi severim. Bir gün onu yine ormana götürdüm ve beni her zamanki akarsuyun yanından uzaklaştırmak için çekiştirmeye başladı. Ne yaparsam yapayım onu vazgeçiremedim, ben de pes edip istediği yöne doğru yürüdüm.

Beni ormanın daha önce hiç gitmediğim bir yerine getirdi, bence burayı şehirdeki hiç kimse daha önce görmemişti. Ağaçlar sanki gökyüzüne değiyordu, ayağımın altındaki yeşil otlar ipek bir battaniyeden farksızdı. Ve ileride gökyüzünden bir parçayı andıracak kadar saf ve temiz suyu olan bir göl vardı. Ama gölden daha güzel olan şey içinde yüzmekte olan yedi kızdı.

Kızlar beni görünce sığırımın ağaçların arasından çıkmasıyla birlikte korkup çığlık attılar. Sudan çıktılar ve giysilerini alıp koşarak kaçtılar. O kadar hızlı hareket etmişlerdi ki, sanki gökyüzünde kaybolmuşlardı.

Geride bir tek kız kalmıştı. Korku dolu gözlerle bana bakıyordu. Saçları, etrafında bir ışık halkası gibi dağılıyordu ve beyaz yüzünün gökyüzündeki bir yıldızdan farkı yoktu.

"Merhaba." dedim.

"Senin... senin sığırın." dedi kız. Sesi havada uçuşan notalar gibiydi. "O benim giysilerimin üzerinde oturuyor."

"Ah." dedim ve hızla sığırımı ittim. Yerde ezilmiş ve biraz da çamurlanmış mavi ipekten bir elbise vardı. Elbise o kadar yumuşaktı ki, yerden aldığımda kaba ellerimin sertliğinden utandım. "Al." dedim ve elbiseyi gölün kenarına getirdim."

Kız tereddütle bana baktı. "Sana bakmıyorum." dedim ve elbiseyi yere bırakıp biraz uzaklaştıktan sonra arkamı döndüm. Kızın sudan çıktığını ve elbisesini giyerken ipek kumaştan gelen sesi duydum.

"Teşekkür ederim." dedi kız. "Artık dönebilirsin."

Arkamı döndüğümde kız, bana gülümsüyordu. Benim yaşlarımdaydı ama bugüne kadar gördüğüm tüm kızlardan çok daha güzeldi. Prenseslerin tabloları bile onunla karşılaştırıldığında çirkin kalırdı.

"Seni korkutmak istemedim. Sığırım sadece çok susamıştı." dedim.

"Öyle sanırım." dedi ve iri sığırımın suya doğru gidişini çınlayan zilleri andıran kahkahasıyla güldü.

"Kız kardeşlerimin beni burada böyle bıraktıklarına inanamıyorum! Hem ben en küçükleriyim. Bana göz kulak olmaları gerekiyordu. Ama şimdi gittikleri için memnunum, çünkü seninle sohbet edebilirim. Bana kendinle ilgili her şeyi anlat! Sığırın seninle birlikte her yere geliyor mu?"

Ve işte böylelikle iki iyi arkadaş olduk. Benim hakkımda her şeyi öğrenmek istedi ve hiç kendini beğenmiş değildi. Aslında çoğu zaman iç geçirip benim kadar özgür olabilmeyi dilediğini söyledi.

"Onlar beni aramaya çıkmadan önce dönmeliyim." dedi. "Keşke burada kalabilseydim. Benim yaşadığım yerde hiçbir şey yapmama izin vermiyorlar. Her zaman beni izleyen ve ne yapmam gerektiğini söyleyen biri var. Ve ben çok yalnızım."

Ona, "Şey, beni ziyaret edebilirsin." dedim. "Birlikte çok eğlenebiliriz."

"Tamam." diye söz verdi.

Ve sözünü tuttu. Aynen söylediği gibi, yaşadığı yerden uzaklaşması çok zordu. Ama her dolunayda büyük babasını ziyaret ettiği zaman burada duruyor. Bazen çok az, bazen de saatlerce kalabiliyor. Onu her gördüğümde birlikte geçen ayın acısını çıkartacak kadar çok gülüyoruz. O benim en iyi arkadaşım ve bir gün yeterince büyüdüğümüzde onunla konuşup benimle sonsuza kadar kalmasını isteyeceğim.

"Ve bu akşam gelmesi gerek." dedi çocuk. Yüzünde geniş ve parlak bir gülümseme vardı.

"Ah, onunla tanışabilir miyim?" diye sordu Minli. Kızdan bahsettiği zaman çocuğun tüm ruh hâlinin değişiyor olması eğlenceliydi. Alaycı tutumları ve kaba ifadesi değişiyor, çocuk sanki bir fener gibi aydınlanıyordu. Minli çocuğun hayatında sığırın dışında birilerinin olmasına sevinmişti.

Ama çocuk kararsız görünüyordu. "O diğer insanlara karşı çok çekingen." dedi. "Ve birilerinin onu görüp, ailesinin, büyük babasına gitmek yerine buraya uğradığını öğrenmesinden korkuyor. Ona karşı gerçekten çok katılar."

"O hâlde onu rahatsız etmeyeyim." dedi Minli. "Gitmemi ister misin?"

"Hayır, burada sığırla birlikte kalabilirsin." dedi çocuk. "Geçen sefer bu ziyaretinin kısa olacağını söylemişti. Bir an önce işinin başına dönmesi gerekiyormuş."

"İş mi?" diye sordu Minli. "Ne iş yapıyor?"

"İplik dokuyor." dedi çocuk. "Büyük babasını ziyaret ettiğinde ona bu iplikleri götürüyor. Hey, buldum! Kralı nasıl görebileceğini ona soracağım! O mutlaka biliyordur!"

"Kralın nerede olacağını dokumacı bir kız nasıl bilebilir ki?" diye sordu Minli. "İç Şehir'de mi yaşıyor?"

"Hayır, uzaklarda yaşıyor." dedi çocuk kararsızlıkla ve devam etti. "Ama çok şey biliyor."

Minli omuz silkti. Sığırı Olan Çocuk'un bir arkadaşının, kralın nerede olacağını bilebilmesi ona pek olası gelmemişti, ama elinden bir şey gelmediği için çocuğun haklı olmasını umut etti.

19. BÖLÜM

Minli kapının gıcırdayarak kapanan sesiyle uyandı. Ay ışığı camdan içeri süzülüyor, kulübeyi aydınlatıyordu. Çocuk kendi ot yığınını Minli'ye bırakmış, kendine de sığırın olduğu bölümdeki otlardan bir yastık yapıp oraya uzanmıştı. Oysa şimdi yüksek sesle horlayan sığırın yanı boştu. "Acaba nereye gitmiş olabilir?" dedi Minli ve onu bekleyen Ma, Ba ve ejderhayı düşündü. Kendini birden çok yalnız hissetti.

Minli, çocuğun anlattıklarını hatırladı ve, "Çocuk arkadaşıyla buluşmuş olmalı." dedi kendi kendine. Ve merakına engel olamayıp onları gözetlemek için cama doğru yürüdü.

Evet, çocuğun arkadaşı oradaydı. Minli, kızı gördüğünde çok şaşırdı. Her ne kadar çocuk kızın büyük ölçüde önünü kapatıyor olsa da, Minli, kızın çok güzel, hatta çocuğun söylediğinden bile daha güzel olduğunu görebiliyordu. Ay ışığında bir inci tanesi gibi parlıyordu ve koyu mavi ipek elbisesi gökyüzüyle aynı renkteydi. Zarif bir şekilde elinde taşıdığı çantası da aynı ipekten yapılmış gibiydi. Ancak üzerine işlenmiş gümüş renginde iplik çantanın gökyüzündeki yıldızlardan bir parçaymışçasına görünmesine neden oluyordu. Kızla ilgili her şey sıradan bir insanın sahip olduğundan daha özel ve narin görünüyordu. çocuğun arkadaşıyla ilgili kesinlikle olağandışı bir şeyler vardı.

Minli, kızın kahkaha atmasını ve çocuk konuşurken dikkatli bir şekilde onu dinlemesini izledi. Çocuk evi işaret ettiğinde kız eve doğru bakarken Minli görünmemek için eğildi. Ona kralı nasıl görebileceğimi soruyor olmalı, diye düşündü Minli.

Tekrar cesaretini toplar toplamaz Minli bir kez daha onları camdan gözetlemeye başladı. çocuğun arkadaşı rüzgârı dinlermiş gibi gözlerini kapatmıştı. Sonra çocuğa baktı ve bir şeyler söyledi. Çocuk başıyla söylediklerini onayladı ve kız ona gülümsedi. Minli bu gülümsemenin çocuğun coşkulu teşekkürlerinden kaynaklanabileceğini düşündü.

Minli tahta sandığın üzerine oturdu. "O çok şey biliyor." demişti Sığırlı Çocuk, arkadaşı için. Kızı gördükten sonra Minli, çocuğun söylediklerine inanmaya hazırdı. "Ama kim bu kız?" diye sordu sesli bir şekilde.

Ve tam da o sırada çocuk geri geldi. Minli'yi görünce "Ah, uyanmışsın." dedi. Ne kadar çabalasa da, ziyaretten geriye kalan gülümseme ve neşeyi gizleyemiyordu. Kendini ot yığınının içine bırakırken gözleri parlıyordu. "Arkadaşımla konuştum. Kralın yarın sabah Yeşil Bolluk Pazarı'nda olabileceğini söyledi. Ama onu kendin bulmalısın."

"Gerçekten mi?" diye sordu Minli. "Peki, o nereden biliyor?"

Çocuk omuz silkti.

"Sormadın mı?" diye sordu Minli. "Onu sadece ara sıra görmen sence de tuhaf değil mi? Ayrıca onu hiç sen ziyaret etmiyorsun, o seni görmeye geliyor, öyle değil mi? Hem kralın yarın nerede olacağı gibi şeyleri nasıl bilebilir? Sence o gerçekte kim?"

"O benim arkadaşım." dedi Çocuk. "Bu kadarı da bana yeter."

Minli, Sığırlı Çocuk'a baktığında, fakir yaşamına karşın mutlulukla ışıldadığını gördü ve bildiklerinin onun için yeterli olduğuna karar verdi. Söylenecek başka söz olmadığını fark etmesiyle Minli'nin soruları zihninden uçup gitti.

20. BÖLÜM

Ma ve Ba ormanda sessizce yürüyorlardı. Adımları, ormanın kendine özgü gürültüsüyle uyumlu bir ritim yaratıyordu. Ba'nın kolları altın balık kavanozunu taşımaktan ağrımıştı ama sesini çıkarmıyordu.

"Yorulduysan altın balığı ben taşıyabilirim." dedi Ma.

Ba tam itiraz etmek için ağzını açmıştı ki, "Ona izin ver yaşlı adam. Bu onun artık öfkeli olmadığını söyleme şekli." dedi bir ses.

Ba ağzını kapadı, önce balık kavanozuna sonra da Ma'ya baktı. Ma, balığın söylediklerinden habersiz bir şekilde bekliyordu. Ba kavanozu Ma'ya uzattı. "Ağır geldiyse geri alabilirim." dedi.

"Sırayla taşırız." dedi Ma başıyla onaylayarak.

Gece olmaya başladığında balık kavanozunu hâlâ Ma taşıyordu ve köydeki evlerine varmışlardı. Komşular onları gördü ve sanki herkese şans getirmişler gibi etraflarını sardılar. "Minli'yi buldunuz mu?" diye sordular. "O nerede? Bu altın balığı nereden buldunuz?"

Ma ve Ba hayır anlamında başlarını iki yana salladılar. "Hayır. Onu bulamadık. Nerede olduğunu bilmiyoruz. Altın balığı bize Altın Balık Satan Adam verdi. Onu Minli sanarak ayak izlerini takip etmişiz." dediler.

"Ve biz de." diyerek devam etti Ba. "Geri dönüp beklemeye karar verdik. Minli Doruklara Uzanan Dağ'ı bulduktan sonra eve dönecektir."

"Onu beklemek mi?" diye bağırdı komşulardan biri. "Kızınızın Doruklara Uzanan Dağ'ı aramasına nasıl izin verebilirsiniz? Siz de onun kadar çılgınsınız!"

"Onu bulmaya çalıştık, ama artık nereye bakmamız gerektiğini bilmiyoruz. İşte bu yüzden bekleyeceğiz." dedi Ba ve Ma'ya baktı. Her ne kadar komşuların söylediklerinden etkilenmiş olsa da, Ba'nın söylediklerine itiraz etmemişti. "Minli'ye güveniyoruz. Minli eve geri dönecek."

Ve böylece Ma ve Ba evlerine girdiler. Ma altın balık kavanozunu masanın üzerine bıraktı ve sessizce yemeği hazırlamaya başladı. Ay ışığında esen hafif bir rüzgâr camdan içeri girip kavanozu bir fener gibi aydınlattı. Ba endişeyle Ma'ya baktı. Kavanozdaki suyu dalgalandıran hafif rüzgâr Ma'nın yorgun yüzündeki kırışıkları yumuşatır gibiydi. Ve bulutları andıran beyaz pirinçler piştiğindeyse Ma yemek çubuklarını aldı ve balığı kendi yemek kâsesinden besledi.

21. BÖLÜM

Güneş tepeye ulaştığı sırada Minli ve Sığırı Olan Çocuk kalabalığın içinde ilerlemeye çalışıyorlardı. Minli köyündeki hasat zamanı gördüklerine alışıktı, ancak Bolluk Pazarı'ndaki devasa yiyecek yığınlarına ağzı açık bir hâlde bakmaktan kendini alamadı. Sokak üzeri tentelerle örtülmüş tezgâhlarla doluydu. Tezgâhların üzerlerindeyse lahanalar, körpe salatalıklar, patlıcanlar ve keskin kokulu portakallar gösterişli bir şekilde sergileniyordu. Yakutları andıran parlak ve şekerli alıç meyvesi, Minli'nin ağzını sulandırmıştı.

"Ben ortalıkta kral falan görmüyorum." dedi Minli.

"Şey, belki de henüz gelmemiştir." diye karşılık verdi Sığırı Olan Çocuk.

"Onu burada bulacağımı pek sanmıyorum." dedi Minli. Gün ışığında Sığırı Olan Çocuk'un arkadaşı o kadar da olağanüstü güzel görünmüyordu. "Hem bir kralın pazarda ne işi olabilir ki?"

"Arkadaşım burada olacağını söyledi, demek ki gelecek." dedi Sığırı Olan Çocuk yüzünde inatçı bir ifadeyle.

Sığırın marulları yemeye kalkışmasıyla birlikte, "Hey, çabuk uzaklaşın oradan!" diye bağırdı pazarcı. Çocuk, sığırı hızla çekti. Yüzü sattığı turplar kadar kırmızı olan pazarcı, "Sığırını buradan uzak tut!" diye tekrar bağırdı.

Çocuk, "Onu buradan götürsem iyi olacak." dedi ve sığırı baştan çıkarıcı yiyecek tezgâhlarından hızla uzaklaştırdı. "Karnı acıktı, onu otlatmaya götürmeliyim." dedi.

"Ben burada kalacağım. Benimle birlikte kralı aramak zorunda değilsin." dedi Minli.

"Pekâlâ. Eğer gece kalacak bir yere ihtiyacın olursa, kulübemin nerede olduğunu biliyorsun. Aksi hâlde umarım bir gün karşılaşırız! Bol şans!" dedi çocuk.

"Teşekkürler." dedi Minli. Elini sallarken birden belki de çocuğu bir daha asla göremeyeceğini düşündü. Çocuk gözden kaybolmadan cebindeki son parayı çıkardı ve arkasından koştu. "Dur." diye bağırdı Minli. "İşte, bunu al."

"Hayır." diye güldü çocuk. "Buna ihtiyacım yok, sende kalsın."

"Minli donup kalmıştı. Oysa çocuk çoktan arkasını dönüp gitmişti bile. Sığırı Olan Çocuk'un, "Hoşça kal!" dediğini duydu. Sığır da sanki sahibiyle aynı tonda homurdanıyordu. Minli kendi kendine gülümsedi.

Peki ya şimdi? Minli tezgâhların önünden geçiyor, pazarcıların ve müşterilerin arasında dolaşarak düşünüyordu. Kralı burada nasıl bulacağım?

Birden çatlak bir sesin, "Lütfen, bu yaşlı adama bir şeftali verin." dediğini duydu. Minli arkasını döndü ve şeftali tezgâhının önünde dilenen yaşlı adamı gördü. Adam üstü başı kirli ve iki büklüm bir hâldeydi. Giysileri yer bezlerini andırıyordu. "Lütfen." diyerek dileniyordu. "O kadar susadım ki. Küçük bir şeftali verin, en küçüğü bile olur."

"Git buradan yaşlı adam." diye karşılık verdi şişman pazarcı. "Paran yoksa şeftali de yok."

"Lütfen." diye yalvardı dilenci bir kez daha. "Yorgun ve yaşlı bu adama acıyın."

"Git buradan seni işe yaramaz dilenci!" diye haykırdı pazarcı. "Yoksa seni götürmeleri için muhafızları çağıracağım."

Pazarcının yükselen sesi yoldan geçenlerin dikkatini çekmiş, şeftali tezgâhının önünde küçük bir kalabalık oluşturmuştu.

"Yaşlı bir adama bu şekilde davranman çok ayıp." diye mırıldandı kalabalığın içinden biri. "Bir şeftali versen ne olur!"

"Hepiniz benim adıma ne kadar da cömert davranıyorsunuz!" diye ateş püskürdü pazarcı kalabalığa. "O kadar çok önemsiyorsanız, şeftaliyi ona siz satın alın."

Minli, dilencinin açlıktan titreyen ellerini görünce, kalbine bir acının saplandığını hissetti. Bu sahne ona Ba'nın son kalan pirinç tanesiyle balığını beslemesini hatırlatmıştı. Sığırı Olan Çocuk'a verdiği bakır para hâlâ elinde duruyordu. Kalp atışlarının hızlandığını hissetti.

"Al." dedi ve parayı pazarcıya uzattı Minli. Ardından tezgâhtaki en büyük şeftaliyi seçip yaşlı adama verdi. Yaşlı adam, Minli'yi minnetle selamladı ve şeftaliyi yemeye koyuldu. Bir an için İç Şehir'i ve sarayı unutmuş adamı izliyordu. Aslında büyülenmişçesine kalabalığın tamamı durmuş, adamın meyveyi iştahla yemesini izliyordu.

"Teşekkür ederim." dedi dilenci daha güçlü bir sesle ve kendisini izlemekte olan insanları selamladı. "Şeftali çok lezzetliydi. Hepinizin onu tatmasını isterdim. Eğer bu yaşlı adama biraz daha zaman ayırırsanız, şansımı sizinle paylaşacağım."

Yaşlı adam cebinden küçük bir sopa çıkardı ve yere eğildi. Toprakta bir delik açarak, şeftali çekirdeklerini içine bıraktı. Sopasını toprak yığınının üstüne batırdı ve biraz su istedi, Minli sanki büyülenmiş gibi, su testisini adama uzattı. Adamın sopanın üzerine su dökmesiyle birlikte sopa titredi. Yoksa Minli hayal mi görüyordu? Sopa büyümeye başlamıştı.

Ve gerçekten de büyüyordu. Sopa uzamış, neredeyse Minli'nin kolu kadar kalınlaşmıştı. Minli'nin boyunu geçtiği zaman, sopadan dallar ve pembe çiçekler fışkırmaya başladı. Minli sopanın bir şeftali ağacına dönüştüğünü gördü. Kalabalık bunu fark etmiş ve ağızları açık öylece kalakalmışlardı. Cimri pazarcı bile tezgâhından ayrılmış şaşkınlıkla olanları izliyordu.

Çiçeklerin yaprakları dökülüp, toprağın üzerinde yumuşak bir halıya dönüştü. Yeşil yapraklar filizlendi, dallar çoğaldıkça incileri andıran parlak ay renginde toplar belirmeye başladı. Sanki içlerine hava üflenen küçük balonlardan farksız olmayan bu toplar, yuvarlak, kırmızı meyvelere dönüştü. Kısa bir süre sonra ağaç şeftalilerle dolmuştu ve olgun şeftalilerin kokusu havaya karıştı. Çocuklar ağacın etrafına toplanıp hevesle nefis meyvelere bakarken yetişkinler de ağızları sulanarak yutkundular.

Yaşlı adam uzandı ve ağaçtan bir şeftali koparıp kalabalığın içinden birine uzattı. "Lütfen, almaktan çekinmeyin."

Kalabalığın daha fazla beklemeye niyeti yoktu. Küçük çocuklar ağaca tırmandı ve meyveleri aşağıdakilere verdiler. Uzun boylu yetişkinler ise kolaylıkla uzanıp kendileri kopardılar. Atı son derece yorgun görünen bir çocuk, kırmızı bir şeftaliye ulaşabilmek için atının üzerine çıkıp ağaca uzandı. Çok geçmeden herkesin ağzı yumuşak ve tatlı şeftalilerle tatlanmış, keyif mırıldanmaları duyulmaya başlanmıştı. Şeftali satan adam bile tezgâhını unutmuştu. Ağacın altında hoşnut bir şekilde dikilmiş ağzının kenarından şeftali suları süzülüyordu.

Oysa Minli bu şeftali şenliğine katılmamıştı. Şehre gelene dek o kadar çok şeftali yememiş olsaydım, ağaca ilk tırmananlardan biri olabilirdim dedi kendi kendine. Ancak şeftali yemediği için Minli hiç kimsenin görmediği bir şeyi fark etti. Ne zaman biri ağaçtan bir şeftali koparsa şeftali tezgâhından bir şeftalinin yok olduğunu görmüştü.

Dilenci ağacı için pazarcının şeftalilerini kullanıyor! Minli meyve yiyen kalabalığın içinden dilenciye bakınca gülümsedi. Dilenci neşeli bir şekilde kalabalığı seyrediyordu ve Minli birden adamın o kadar da yaşlı olmadığı dikkatini çekti. "Bir büyücü olmalı. Belki de İç Şehir'e girmeme yardımcı olabilir."

Minli, dilenciye doğru ilerledi. Yürümeye başladığı sırada ağaçtaki son şeftali de koparılmıştı. Ağacın gövdesi gittikçe küçüldü küçüldü ve en sonunda yok oldu. Kalabalık şeftali yemeyi bitirmişti, her yerde şeftali çekirdekleri vardı. Minli, dilenciye ulaştığı sırada, ağaç ince bir dala dönüştü ve çekirdeklerin altında kayboldu. Dilenci arkasını dönüp yürümeye başladı.

"Dur!" dedi Minli ve adamın kolunu yakaladı. Ancak Minli'nin kolunu yakalamasıyla birlikte yaşlı adam kendini geri çekti ve birden kolunda bir altın parıldadı. Dilenci hızla giysisinin kolunu düzeltti, ama bu kısa bakış Minli'nin adamın kolundaki ejderha figürlü altın bilekliği görmesine yetmişti. Minli, yaşlı adama bakarken hızlı düşünüyordu. "Sadece imparator ailesi ejderha simgesini kullanma hakkına sahiptir." demişti ejderha. Sığırı Olan Çocuk ise, "Herkes ejderha figürlü altın bir bilekliğin sadece kral tarafından takılabileceğini bilir." demişti. Düşünceler Minli'nin zihninde dolaşırken güçlükle nefes alıyordu.

"Üzerinde bir ejderha figürü taşıyorsun?" dedi Minli soluk soluğa. "Sadece... kullanma hakkına sahiptir... sen... sen..."

Kalabalığın arasından öfkeli bir haykırış duyuldu. "O dilenci nerede?" Bu şeftali satan adamın sesiydi. "Şeftalilerimi çaldı! Onu yakalayacağım!"

Dilenci, Minli'yi atlatarak koşmaya başladı. Minli cümlesini bitirirken şaşkınlıktan olduğu yerde donup kalmıştı. "Sen..." diye fısıldadı Minli gittikçe uzaklaşmakta olan adamın arkasından, "Kral olmalısın!"

22. BÖLÜM

Minli hemen kendini toparladı. "Kral!" diye yineledi. "Onu şimdi kaybedemem!" Ve panikle üstü başı kir pas içindeki adamı takip etmeye başladı.

Bu tam bir kovalamacaya dönüşmüştü, dilenci takip edildiğinin farkındaydı. İnsanların ve pirinç kutularının arasında zikzaklar çiziyor, her bir adımda şehrin terk edilmemiş yerlerine doğru ilerliyorlardı. Çöpe atılmış sepetlerden oluşan bir yığının arkasında kalan Minli bir an için dilenciyi kaybettiğini düşündü. Tam o sırada adamın bol ceketi Minli'nin gözüne çarptı. Dilenci İç Şehir'e doğru gidiyordu.

Terk edilmiş bir vagonun arkasına saklanan Minli, adamın duvarı ittiğini gördü. Duvar hafif bir gürültüyle hareket etti!

"Bu İç Şehir'e giden gizli bir kapı!" dedi Minli heyecanlı bir şekilde ve kapı tam kapanmak üzereyken yetişip iki eliyle kapıyı güçlü bir şekilde itti.

Ve kapı âdeta bir mücevher kutusu gibi parlak ışıkların olduğu bir manzaraya açıldı. Bambu, çam ve erik ağaçlarının yaprakları güneşte işlenmiş zümrütler gibi parıldıyor, pembe ve kırmızı çiçeklerin üzerinde birer yakut gizliymiş gibi duruyordu. Minli biraz ilerisinde çakıltaşlarıyla döşenmiş patika bir yol olduğunu görebiliyordu. Ortadaki yeşil göl, köşklerin çatılarını ve büyük heykelleri yansıtıyordu. Suyun içinden yürüyüş yoluna doğru yükselen kavis âdeta bir nilüfer çiçeğini andırıyordu. Burası ancak ve ancak saray bahçesi olabilirdi.

Ancak Minli tüm bunları güçlükle fark edebilmişti. Gözleri faltaşı gibi açılmış önündeki figüre bakıyordu. Dilenci yumuşak beyaz bir bezle yüzünü siliyordu. Minli bir kez daha adamın o kadar da yaşlı olmadığını gördü. Hatta Ba'dan bile daha gençti. Saçındaki kırlıklar eski giysileriyle birlikte gitmişti. Sakalı ve saçları Minli'ninkiler kadar siyahtı. Üzerindeki gri paçavralar yanında bir yığına dönüşmüştü. Artık üzerinde altın sarısı ipekli bir giysi vardı. Giysisine, altın bilekliğine uygun karmaşık ejderha ve renkli bulut desenleri işlenmişti. Minli bu adamın kral olduğundan emindi artık.

Tam o sırada kral arkasını döndü ve Minli'yi gördü. Minli saygılı bir tavırla selam verdi. "Majesteleri." derken nefesi kesiliyor, kalbi güm güm atıyordu.

Minli, kralın, "Yakalandım!" dediğini duydu. Ve başını kaldırdığında kralın ona insanlar şeftalileri yediği sırada olduğu kadar neşeyle baktığını gördü. Kral başını iki yana salladı. Ona böyle göz kırparken, köydeki arkadaşlarından ve genç babasından farkı yoktu. "Hem de senin tarafından!" dedi kral ve devam etti. "Benim küçük iyilik meleğim. Senin akıllı biri olduğunu biliyordum."

Hemen arkalarından koro hâlinde, "Majesteleri! Majesteleri!" seslerini duydular. Bir grup hizmetkâr koşarak onlara doğru geliyordu.

Kral, Minli'ye, "Pekâlâ, onların seni görmemesi gerekiyor." dedi. "Aksi hâlde benim küçük maceralarımı öğrenirler, peki o zaman ben ne yaparım?" dedikten sonra Minli'yi ve giysilerini devasa taş oymalardan birinin arkasına sakladı. "Çabuk! Çabuk!" Ben izin verene dek tek bir kelime etmemeni ve oradan dışarı çıkmamanı emrediyorum." dedi.

Minli oyma taşa tutundu ve olabildiğince küçülerek saklandı. Sanki gök gürültüsünün ardından gelen yağmuru andıran yüzlerce ayak sesi gitgide yaklaşıyordu.

"Bu da nesi?" diye sordu kral. "Şehirde savaş mı ilan edildi?"

"Yüce majesteleri." dedi bir ses soluk soluğa. "Sizi arıyorduk..."

"Beni mi arıyordunuz?" dedi kral. "Ben saatlerdir burada, bahçedeyim."

"Biz... Biz sizi gözden kaçırmış olmalıyız." diye kekeledi ses.

"Sizi kimse bulamadı... Muhafızlar sizi görmemiş... ve biz de... korktuk."

"Parlak Ay Işığı Şehri'nin kralının buhar olup uçmasından mı korktunuz?" diye güldü kral. "Bu sefer değil danışman Çu. Yine de bu gece Ay'la konuşmak istediğimi hissediyorum."

"Majesteleri?" dedi bir ses.

"Evet." dedi kral kararlı bir tavırla. "Bu gece bahçede Ay'la yalnız kalmak istiyorum. Yemeğimi Ay'ı Kucaklayan Köşk'e getirilsin ve sabaha dek beni rahatsız etmeyin."

"Tabii yüce majesteleri!" dedi ses. Ve Minli kendine engel olamayıp hafifçe başını uzattı. Kralın önünde yere diz çökmüş uzun sıralar hâlinde iyi giyimli insanlar olduğunu gördü. İpekli giysileri batmakta olan güneşte parlıyordu. Siyah giysiler içindeki bir adam, krala daha yakın bir yerde diz çökmüş diğer saray mensuplarından ayrı duruyordu. Minli, onun danışman Çu olabileceğini düşündü.

"Aslında, iki kişilik yemek getirin." dedi kral ve Minli'ye doğru baktı. Minli, kralla göz göze geldi ve hemen taşın arkasına saklandı.

Danışman Çu bitkin bir sesle, "İki kişilik yemek mi majesteleri?" diye sordu.

"Evet, iki kişilik." dedi kral. "Bana eşlik edeceği için ayın ruhunu kendi yemeğiyle şereflendireceğim. Ancak böyle adil olabilirim."

"Tabii yüce majesteleri." dedi danışman. Minli, adamın ne kadar şaşırdığını görebiliyordu, ancak bu şaşkınlığı yansıtmayacak kadar iyi eğitimliydi.

"Bir saat içinde." dedi kral ve devam etti. "Ben Ay'ı Kucaklayan Köşk'te olacağım. Akşam yemeği dışında hiçbir şey olmasın. Bu akşam başka hiçbir şey için rahatsız edilmek istemiyorum."

"Tabii yüce majesteleri." dedi ses bir kez daha. Minli, grup ayağa kalkıp kralın yanından ayrılırken giysilerinin çıkardığı hışırtıyı duydu.

Kral alçak sesle, "Gittiler." dedi. "Artık çıkabilirsin."

Minli emekleyerek heykelin arkasından çıktı.

"Pekâlâ, küçük arkadaşım." dedi kral, Minli'ye ve devam etti. "Artık benim kim olduğumu bildiğine göre bana sen kimsin onu anlat bakalım!"

23. BÖLÜM

Minli ve kral bahçeye doğru yürüdüler. Minli, krala kim olduğunu, nereden geldiğini ve yolculuğunu anlattı. Balığın uyarısı aklına gelince onu ormanda bekleyen ejderhadan söz etmedi. Sanki ayaklarına masaj yapıyormuş gibi patika yolda yürürlerken güneş kapanan bir çiçeği andırıyordu. Köşke ulaştıklarında karanlık çökmüştü.

"Yani, sen buraya Şehrin Muhafızı'nı bulmaya geldin, öyle mi?"

"Evet." dedi Minli ve umutla kralın yüzüne baktı.

"Ve muhafızın ben olduğumu düşünüyorsun." dedi kral.

"Evet." diye onayladı Minli. "Ödünç Çizgi'nin ne olduğunu biliyor musun? Onu alabilir miyim?"

"Ödünç Çizgi." diye tekrarladı kral ve köşkün önünde durdular. Ayın ışığı suya yansıyordu ve Minli neden buraya Ay'ı Kucaklayan Köşk dediklerini şimdi daha iyi anladı. Ayın görüntüsü suda parlayan bir inci gibiydi ve kral gözlerini bu görüntüye dikip derin düşüncelere daldı. "Hadi gel, yemek yiyelim ve daha sonra Ödünç Çizgi için neler yapabileceğimize bakarız."

Minli bahçeli köşke girdi. Köşkün ortasında iki tabure ve özenle oyulmuş gingko ağacından küçük bir masa vardı. Sandalyelerin yanında Minli'nin neredeyse beline gelen bambu bir sepet onları bekliyordu. Kralın sepeti açmasıyla birlikte havaya yayılan hoş kokularla Minli ne kadar acıktığını hissetti.

Kral pembe soslu börek, erişte ve et, soya filizi, zümrüt yeşili Frenk soğanı dolu tabakları ve bir kâse soya peyniri çorbası çıkardı. Sepetin hemen dibindeyse yemek sonrası için bir demlik çay ve çeşit çeşit kekler vardı.

Kral, Minli'ye eline ağır gelen bir çift desenli altın yemek çubuğu uzattı. Ve izniyle birlikte Minli bugüne kadar gördüğü en lezzetli akşam yemeğini yemeye koyuldu.

Kral çayını yudumlarken Minli'ye, "Aradığın Ödünç Çizgi'nin tam olarak ne olduğunu bilmiyorum." dedi. Ana yemeği bitirmişlerdi. Minli içi tatlı ve enfes fasulye ezmesiyle dolu kaplumbağa şeklindeki kekin tadını çıkarıyordu.

Bu daha önce hiç bilmediği bir tattı. Yutkunurken kekin içindeki lezzet boğazından midesine kadar her yerini sanki âdeta ısıtıyordu.

"Ama sanırım bir tahminde bulunabilirim."

Minli güçlükle yemeyi bırakıp krala baktı. "Gerçekten mi?" diye sordu. Birden içini umut kaplamıştı. "Sizce ne olabilir?"

"Bu şehre neden Parlak Ay Işığı Şehri dendiğini biliyor musun?"

Minli "hayır" anlamında başını iki yana salladı.

"Benim büyük büyük büyük babam şehrin adını değiştirdi. Eskiden Çok Uzaklardaki Şehir diye anılıyordu. Ancak kral olunca büyük babam şehre Parlak Ay Işığı Şehri adını verdi." dedi kral. "Çoğu insan şairane bir adam olduğu için bu adı verdiğini düşündü. Ama bundan fazlası vardı. Hiç Ay'ın Yaşlı Adamı'nı kandırmaya çalışan derebeyinin hikâyesini duydun mu?"

Minli başıyla onayladı. "Oğlunun evleneceği kişiyi öldürmeye çalıştı ama ne olursa olsun sonunda bir araya geldiler. Kaderleri değişmedi."

"Ah, demek hikâyeyi biliyorsun." dedi kral ve gülümsedi. "O derebeyi benim büyük büyük büyük babamın babasıydı. Ve bu da oğlunun soylu evliliği sayesinde kral olduğu şehir."

"Yani hikâye *gerçek*!" dedi Minli.

"Şey, bu nesilden nesile aktarılan bir hikâye." dedi kral. "Ancak anlatılandan fazlası var."

AY'IN YAŞLI ADAMI MASALININ BİLİNMEYEN KISMI

Ay'ın Yaşlı Adamı, derebeyine oğlunun bir bakkalın kızıyla evleneceğini söylediğinde, Kaplan Derebeyi öfkeden deliye döndü. Sayfayı kitaptan yırtıp kopardı. Ancak sayfayı ikiye ayıramadan yaşlı adam gözlerini derebeyine dikti. Derebeyi, ayın ışığını görünce âdeta dondu kaldı. Sessizliğin çökmesiyle birlikte Kaplan Derebeyi'nin öfkesi korkuya dönüştü.

Ama sonunda Ay'ın Yaşlı Adamı başını salladı. "Kader Kitabı'nın sayfaları kolay kolay yırtılmaz, ancak o sayfa ben ödünç almadan önce sana gönderiliyordu." dedi Ay'ın Yaşlı Adamı. "Belki de eline geçtiği için sorun olmayabilir. Al onu. Kitap o sayfaya bazı özellikler bahşetti. Ancak senin işine yarayacağını düşünmüyorum."

Ve Ay'ın Yaşlı Adamı başka bir kelime daha etmeden ayağa kalkıp dağa doğru yürümeye başladı. Derebeyi şaşkınlıktan dili tutulmuş bir hâlde kâğıdı elinden bırakmayıp yaşlı adamın arkasından bakmaktan başka hiçbir şey yapamadı.

"Kader Kitabı'ndan bir sayfa mı koparmış?" diye sordu Minli.

"Evet." dedi kral. "Ama kendisi asla yazılanları okuyamadı, böylece Ay'ın Yaşlı Adamı'nın söylediği gibi hiçbir işine yaramadı."

Kral köşkten çıkıp ayın hemen altındaki köprüye doğru yürüdü ve Minli'ye, "Gel." dedi. Minli, onu takip ederken gömleğinden içeri elini sokup altın zincirli bir kese çıkardı. "Bu yırtılmış kâğıt. Nesilden nesile geçti ve Parlak Ay Işığı Şehri'nin kralları tarafından incelendi. Ay'ın Yaşlı Adamı'nın, 'ödünç alındı' derken ne demek istediğini kimse anlayamadı."

Kral kesenin içinden katlanmış bir kâğıt parçasını çıkartırken Minli onu büyülenmiş gibi izliyordu. Kâğıdın kendine has bir ışığı var gibiydi. Ama kesenin altın zinciri yanında sönük kalıyordu.

"Benim büyük büyük büyük babam kelimelerin sadece parlak ay ışığında görülebildiklerini keşfetti." dedi ve kâğıdı açmaya başladı. "Kralların bunu hatırlayabilmeleri için şehre Parlak Ay Işığı Şehri adını verdi."

Minli sersemlemiş bir hâlde kâğıda baktı. Kâğıt ay ışığında parlıyordu. Belli belirsiz yazılmış birkaç kelimeden oluşan satır Minli'nin daha önce hiç görmediği bir dildeydi.

"Yani, sanırım Ay'ın Yaşlı Adamı'nın ödünç aldığını söylediği bu kâğıt..." dedi kral ve devam etti. "Kader Kitabı'ndan yırtılmış olan bu satır, senin aradığın 'Ödünç Çizgi' olmalı."

"Tabii ya!" dedi Minli, coşkulu bir şekilde, "Öyle olmalı!" Ancak heyecanına karşın birden dikkatlice korunan kâğıda baktı ve kralın onu boynundaki kesenin içinde nasıl da özenle taşıdığını hatırladı. Bu kadar değerli bir hazineyi kralın ona vermesi mümkün değildi.

"Büyük büyük büyük babam ancak uzun çalışmalardan sonra kâğıtta yazılanların anlamını çözebildi." dedi kral. "Ve işte o zaman sözcüklerin o andaki durumuna göre değişebildiğini fark etti. O günden sonra ne zaman Parlak Ay Işığı Şehri kralının bir sorunu olsa, bu kâğıda danıştı."

"Kâğıt size ne yapmanız gerektiğini mi söylüyor?" diye sordu Minli.

"Evet." diye karşılık verdi kral çarpık bir gülümsemeyle. "Yine de tam olarak senin düşündüğün gibi değil. Bazen kâğıtta yazan satır sorundan daha gizemli olabiliyor."

Ve ardından kral kâğıttaki satıra baktı. Okumasıyla birlikte yüzünde şaşkın bir ifade belirdi.

"Ne diyor?" diye sordu Minli.

"Diyor ki, sadece bağlandığın şeyi kaybedersin."

Kralın sözleri âdeta havada asılı kalmıştı. Kâğıdın hafif meltemle sallanması sırasında çıkardığı sesin dışında tek bir çıtırtı dahi yoktu. Minli, sessizce sanki ona el sallıyor gibi havada sallanmasını izledi.

"Yani görünen o ki, senin dileğin, üzerinde düşünülmeyi hak ediyor. Buradaki cümle bana öyle diyor. Bir düşünelim."

Minli biraz kafası karışmış ama sessizce krala baktı.

"Nesillerdir ailem bu kâğıda değer verdi. Onu ruhani gücü ve otoritesinden dolayı onurlandırdık. Nesilden nesile geçti, inceledik ve üzerine titredik. Altın ya da yeşim taşından daha değerli sayıldı." dedi kral yavaşça. "Peki, ama o gerçekte ne?"

Minli kafasını iki yana salladı, cevap verip vermemekte kararsızdı.

"Bu kâğıt aslında atalarımın kabalığının, kontrolsüz öfkesinin ve acımasız hırsının bir kanıtı. Yine de bunu görmezden gelip kâğıdı koruyoruz ve Parlak Ay Işığı Şehri'nin kralları olarak onu içtenlikle her zaman üzerimizde taşıyoruz."

Suyun dalgalanmasıyla birlikte, ayın yansıması da dalgalandı.

"Ona bağlandık, her zaman kaybetmekten korktuk." dedi kral. "Ama onu serbest bırakmayı seçersek bir şey kaybetmiş olmayız."

Minli nefesinin kesildiğini hissetti. Kralın zihninin çok hassas bir dengede olduğunu biliyordu. Eğer şimdi ona kâğıdı vermeyi reddederse, Minli kâğıdı bir daha asla alamayacaktı.

"Ve belki de aslında kâğıda hiç bu kadar bağlanmamalıydık. Gerçekte kime ait olursa olsun, bu Kader Kitabı'ndan -kimseye ait olmayan bir kitaptan koparılmış- bir sayfa. Yani belki de sayfanın kitaba geri dönme zamanı gelmiştir."

Hafif bir rüzgâr esti ve Minli yüzünün ayın yansıması kadar soluk ve beyaz olduğunu gördü.

"Sadece bağlandığın şeyi kaybedersin." diye tekrar etti kral kendi kendine. Önce bir kez daha kâğıda sonra da Minli'ye baktı. Yüzüne huzurlu bir ifade yerleşti ve hafifçe gülümseyip, "Yani, kâğıdı sana vermeyi seçerek onu kaybetmemiş olurum." dedi.

Ve bu sözlerinin ardından kâğıdı Minli'nin titremekte olan ellerine bıraktı.

24. BÖLÜM

Ejderha şehrin dışında beklemeye devam ediyordu. Minli gözden kaybolduktan sonra ağaçların arasından çevreyi izlemeye devam etti. Minli aslan heykellerini geçip kapı arkasından kapandığında ejderha kendini çok tuhaf hissetti. Daha önce hiç arkadaşı olmadığını fark etti ve bir arkadaşa sahip olmanın güzel bir duygu olduğunu düşündü.

Ve belki de bu yüzden ikinci gece, gökyüzü kararıp ay yükseldiğinde ejderha ağaçların arasından çıkıp uyumakta olan şehre biraz daha yaklaştı. Her ne kadar itiraf etmese de şehrin kapılarına yakın durmanın kendisini daha az yalnız hissetmesini sağlayacağını düşündü.

Parlak ay ışığı kaba oyma taşların ve muhafız aslan heykellerinin üzerinde yansıyordu. Ejderha kapıya yaklaşınca onlara daha dikkatli baktı. Tıknaz ve güçlü vücutları, üzerinde dudukları taş platforma ağır geliyor gibiydi. Gecenin karanlığı sert ve kıvırcık yelelerinin oyulmuş çiçekler gibi görünmelerini sağlıyordu. Aslanlardan biri ön patisinin altında bir top, diğeriyse ona âdeta gülümseyen yavru bir aslanı tutuyordu.

Hatta aslanların hepsi ona bakıp, sanki kendisinde gizli bir eğlence varmışçasına gülümsüyor gibiydiler.

Yanlarından geçerken ejderha, "O kadar komik miyim?" diye sordu.

"Evet! Sen çok komiksin!" diye bağırdı birden yavru aslan, annesinin patisinin altında kıvrılarak.

Ejderha şaşkınlıkla yerinden sıçrayınca yavru aslan daha çok gülmeye başladı, görünen o ki ejderhanın şaşkınlığıyla daha çok eğlenmişti. Ama bu kahkahayla birlikte her iki aslan da sarsılarak platformlarından hareket ettiler.

"Jiao Mao!" diye azarladı anne aslan. "Kayıp ejderhaya gülmeyi kes! Ayrıca kuralları biliyorsun! Başkalarının önünde hareket etmek yok!"

"Ama o bir ejderha." dedi yavru aslan. "İnsan değil. O kurallara dâhil değil, öyle değil mi? Ayrıca çok da komik! Fare gibi ayakuçlarına basan bir ejderha!"

Erkek aslanın "Jiao Mao!" diyen güçlü sesi havada yankılandı. Yavru aslan utangaç bir ifadeyle baktı ve çok geçmeden sessiz ve hareketsiz hâline geri döndü.

Bu arada ejderha konuşabilecek kadar kendini toparlamıştı.

"O hâlde siz canlısınız!" dedi.

"Tabii ki canlıyız." diye karşılık verdi erkek aslan. Bir yandan da meraklı gözlerle ejderhayı inceliyordu. "Her şey canlıdır. Üzerinde yürüdüğün toprak, ağaçların kabukları gibi. Biz her zaman canlıydık, aslan olmadan önce taşken bile. Yine de oyulmamız tabii ki bize biraz daha kişilik kazandırdı."

"Sen oldukça genç bir ejderhasın, öyle değil mi?" diye sordu dişi aslan nazikçe. "En fazla yüz ya da yüz elli yaşında görünüyorsun. Endişelenme, yakında hepsini öğrenirsin."

"Yüz mü!" diye bağırdı yavru aslan. "Ben bile senden daha büyüğüm. Ben sekiz yüz altmış sekiz yaşındayım!"

Erkek aslan, "Ve hâlâ bilgelik kazanamadın." diye ekledi arkasından. "Genç ejderhayla dalga geçmemelisin!"

"Şey, peki burada ne yapıyorsun?" diye sordu yavru bu kez nazikçe. "Ejderhalar genellikle dünyaya çok fazla inmezler. Sen kayıp mı oldun?"

Her ne kadar olağan görünmese de, aslanlar sözlerinde samimiydi ve ejderha oturup onlara doğumunu, ormanda yaşaması, Minli'yle tanışması, Ödünç Çizgi'yi arayışları ve Ay'ın Yaşlı Adamı'nı içeren hikâyesinin tamamını anlattı. Yavru aslan arada gülsede aslanlar hiç sözünü kesmeden onu dinlediler.

Ejderha hikâyesini bitirdiğinde, yavru aslan, "Sen, Kaplan Derebeyi'ne mi aitsin?" diye sordu. "Bu senin korkunç bir ejderha olduğun anlamına gelir. Sen kralın babasının sarayını yok ettin. Ne kadar çok sorun çıkardığını biliyor musun?"

Ejderha soru sorar bir ifadeyle yaşlı aslana baktı.

"Yaklaşık yüz yıl önce." diye söze başladı dişi aslan ve devam etti. "Kralın babası kendi vatanından kaçtı. Sarayını bir ejderha yok etmişti ve halkı kötü şans getirdiğini söyleyerek onu şehirden uzaklaştırmışlardı. Oğlunun yanına yerleşmek, onun zenginliklerinden ve Parlak Ay Işığı Şehri'nin kralı olarak sahip olduğu güçten faydalanmak niyetiyle buraya geldi. Şehir için zor zamanlar başlamıştı, kralın babası ve yanında getirdiği muhafızlar ahlaksız ve açgözlüydü. Biz çok endişelenmiştik."

"Siz mi?" diye sordu ejderha. "Siz neden endişelendiniz ki?"

"Neden endişelenmeyelim? Hatta bu tamamıyla bizi ilgilendiren bir konuydu." diye karşılık verdi erkek aslan. "Bizler Şehrin Muhafızları'yız. Şehri gözetlemek ve düzenini korumak bizim sorumluluğumuzda. Çatırdamaya başladığını görmek bizi harekete geçirdi."

Ve aslan elinde tuttuğu yuvarlak topu uzatıp üzerinde yavaşça toprağın tozuyla dolmaya başlamış olan eski ve derin kırığı gösterdi.

"Peki, ne yaptınız?" diye sordu ejderha.

KADER İPLİĞİ

Şehrin yok olacağından korkmuştuk. Gizli buluşmalar ve şiddetli patlamalarla her şey daha da karmaşık bir hâl alınca, dünyamızdaki çatlağın genişlediğini gördük. İkiye ayrılması an meselesiydi.

Bir gece ümitsizlik içindeyken buradan geçmekte olan bir adam gördük. İki büklüm ve yaşlı olmasına karşın bir fener gibi ışık saçıyordu. Elinde büyük bir kitap ve küçük bir çuval taşıdığını görünce hemen onun Ay'ın Yaşlı Adamı olduğunu anladık ve yanımıza çağırdık.

Ona, "Lütfen bize yardım edin." diye yalvardık. "Şehri kurtarmalıyız."

Ay'ın Yaşlı Adamı bize ve çatlamakta olan küremize, yalvaran yüzlerimize baktı. Tek kelime etmeden önümüze oturdu ve kitabını açıp bir yandan sakalını sıvazlarken diğer yandan da sayfaları karıştırmaya başladı.

Birkaç dakika boyunca kitabından fikir aldıktan sonra çuvalını açıp bize kırmızı bir iplik verdi.

"Bunu ihtiyaç duyana kadar tutmanız gerekiyor," dedi Yaşlı Adam ve ardından kitabını kapatıp teşekkürlerimizi dahi dinlemeden yürüyüp gitti.

Ay'ın Yaşlı Adamı'nın bize kaderin ipliğini verdiğini biliyorduk, bu insanları birbirine bağlamak için kullandığı ipliklerden biriydi. Yani olağanüstü bir hediyeydi. Bize herhangi bir talimat vermeden gitmiş olsa da, kırılma noktasına geldiğinde bu ipliği şehrin etrafına bağlamamız gerektiğini anlamıştık.

O günden sonra her gece en ufak bir çatlak belirtisinde kullanmak üzere küremizi yakından izledik. Gücünden ya da yeteneklerinden çok emin olmadığımız için olası en korkunç sonuçlarına karşın ipliği kullanmaya cesaret edemedik.

Ama çatlak büyümedi. Kral beklenmeyen bir şekilde babasıyla olan alakasını kesti. Onu ve muhafızlarını sürgüne gönderdi ve böylelikle düzen geri geldi. Çatlak yavaşça toprağın ve taşın gücüyle doldu. Ve ben de hiç kullanmadığımız ipliği tutmaya devam ettim."

Erkek aslan hikâyeyi bitirmesiyle pençesini kaldırdı ve düzleşmiş olan kırmızı ipliği gösterdi.

"Ödünç Çizgi!" diye bağırdı ejderha. "İşte burada! Minli Şehrin Muhafızları'ndan Ödünç Çizgi'yi alması gerektiğini söylemişti. Siz muhafızsınız ve işte bu da ihtiyacımız olan Ödünç Çizgi!"

"Sanırım öyle." dedi ipliğe bakan aslan. "Belki de onu bunca zaman sana verebilmek için tutuyordum."

Ve böyle diyen aslan ipliği ejderhanın eline bıraktı.

25. BÖLÜM

Ma ve Ba için Minli'siz günler uzun, aynı zamanda zor geçiyordu. Sabahları kalkar kalkmaz belki gelmiştir diye Minli'nin yatağına koşuyorlardı. Akşam olunca Minli'nin onları beklediğini umut ederek eve varmak için acele ediyorlardı. Gece olunca masada onu bekleyen bir kâse dolusu pirinç ve yemek çubuğuyla ve duydukları her ayak sesiyle ümitleniyorlardı.

Ancak her gün onları boş bir yatak ve boş ev karşıladı, ayak sesleriyse her zaman geçen bir komşuya aitti. Ma'nın Altın Balık Satan Adam'a olan öfkesi geçse de, her geçen gün biraz daha zayıflıyor ve solgunlaşıyordu. Ve artık Ba'nın gözleri de parıldamaz olmuştu.

Bir gece yarısı Ba, ona seslenen bir sesle uyandı.

"Uyan yaşlı adam." dedi balık. "Uyan! Karının sana ihtiyacı var!"

Ba kalktı ve Ma'nın Minli'nin yatağının yanında oturduğunu gördü. Ma gecenin sessizliğinde hıçkırarak ağlıyordu.

Ba yumuşak bir sesle, "Ah, karıcığım." diye onun yanına oturdu.

Ma, ona döndü, gözyaşlarıyla ıslanan yüzü parlıyordu. "Ya Minli hiç geri dönmezse?" diye sordu. "Ya hep onsuz kalırsak? O zaman ne yaparız?"

Ba elini yüzüne koyup gözlerinden akmak üzere olan yaşları sildi ve, "Bilmiyorum." dedi.

"Ben de bilmiyorum." dedi Ma ve başını Minli'nin yatağına gömüp umutsuzca ağladı.

O ağlarken Ba da onun saçlarını okşadı, arada gözlerini kapatıp kendi acısıyla başa çıkmaya çalıştı. Sonunda Ma'nın ağlaması azaldı ve sakinleşti. Ba, "Sana mutluluğun reçetesiyle ilgili anlattığım masalı hatırlıyor musun? Ve tabii üzerinde tekrar tekrar yazılı olan gizli kelimeyi?" diye sordu.

Ma evet anlamında başını salladı ve Ba onun bu hâline hafifçe gülümsedi.

"Çok uzun zaman orada geçen sözcüğün ne olabileceğini düşündüm." dedi Ba. "Bilgelik mi, yoksa onur muydu? Sevgi mi yoksa doğruluk mu? Uzun bir süre sözcüğün iyilik olabileceğini düşünmek hoşuma gitti."

Ma'nın yüzü hâlâ Minli'nin yatağına gömülüydü, ama hıçkırıkları durmuştu ve Ba, onun kendisini dinlediğini biliyordu.

"Oysa şimdi, sanırım... Belki de, sözcük inançtı."

Sanki ay, bulutlardan kaçmak istercesine odanın içine zayıf gri bir ışık süzüldü. Ma başını kaldırdı ve yeniden Ba'ya baktı. Gözlerini koluna sildi ve hüzünlü bir şekilde gülümsedi.

"Belki de sen haklısındır." dedi.

Ve gözyaşlarından ıslanmış elini Ba'nın avuçlarına bıraktı.

26. BÖLÜM

Ertesi sabah Minli ağır, kalın bir battaniyenin altında uyandı. Bahçede yerde yatmış olsa da rahat uyumuştu. Kalktığında bunun büyük olasılıkla ipek yastıklardan kaynaklandığını düşündü. Yumuşak güneş ışıkları yüzünde hafif gölgeler oluşturuyor, rüzgâr önündeki yosun renkli gölde zarif dalgalar yaratıyordu. Saray bahçesi gece olduğu kadar gündüz de muhteşemdi.

Minli'nin hemen yanında küçük bir demlik çay, bir kâse pirinç lapası ve yumurta vardı. Kahvaltı diye düşündü Minli kendi kendine. Tam yiyeceklere uzanacakken diğer yanında da sarı sırmalı kumaştan yapılmış bir seyahat çantası olduğunu gördü. Çantanın içinde Minli kendi battaniyesini, tavşanlı pirinç kâsesini (iğne ve bambu parçasıyla birlikte), yemek çubuklarını, bol miktarda kek ve ağzına kadar doldurulmuş su testisini buldu. Tüm bunların üstünde de altın bir kesenin içinde kitabın yırtılmış sayfası duruyordu. Minli keseyi aldı ve iki eliyle tuttu.

Pekâlâ, Ödünç Çizgi'yi buldum, diye düşündü. En azından umarım bu odur.

Çabucak kahvaltısını ettikten sonra Minli sessizce köşkten ayrıldı. Bir parçası parlak renkli yaprakları olan yürüyüş yollarını keşfetmeyi çok istiyordu, ancak kralın danışmanları tarafından yakalanmasının hiç iyi olmayacağını düşünüyordu. Ayrıca ejderhanın şehrin dışında sabırsızlıkla onu beklediğini de biliyordu. Böylece, kralın gizli geçidini kullanarak dikkatlice bahçeden ve İç Şehir'den ayrıldı.

Minli bahçeden çıktığı zaman sabahın çok erken saatleri olduğunu fark etti. Dış Şehir hâlâ uyuyordu. Tezgâhlar boştu ve tenteler indirilmişti. Minli hızla kapıya doğru koştu. Kilidi açmak ve kapılardan birini kaldırabilmek için yerde bulduğu metal bir sopayı kullanarak büyük bir güç sarf etmek zorunda kalmıştı. O zaman bile kapıyı sadece hafifçe kıpırdatabildi ve aradan süzülmek zorunda kaldı.

Kapının diğer tarafına düşüp nefes almaya çalışırken ejderhanın aslanların hemen yanında uyuduğunu görünce şaşırdı.

Ancak birkaç kez dürtüldükten sonra uyanan ejderhanın yüksek sesli esnemeleri Minli'yi panik içinde bıraktı. Neyse ki kimselere görünmeden ormanın güvenli barınağına ulaşmayı başardılar.

"Orada ne yapıyordun?" diye sordu Minli. "Senin saklanman gerekiyordu!"

"Ödünç Çizgi'yi alıyordum." diye karşılık verdi ejderha.

"Ne demek istiyorsun?" diye sordu Minli. "Ödünç Çizgi bende."

Ve hızlı bir şekilde birbirlerine gece yaşadıkları macerayı anlattılar. Ejderha kitaptan koparılmış sayfaya, Minli'yse ejderhanın elindeki kırmızı ipliğe bakakaldı.

Ejderha, "Peki o hâlde hangisi gerçek Ödünç Çizgi?" diye sordu Minli'ye.

"Sanırım bu da Ay'ın Yaşlı Adamı'na soracağım diğer bir soru." diye karşılık verdi Minli.

27. BÖLÜM

Minli ve ejderha her iki Ödünç Çizgi'yi alarak yolculuklarına devam ettiler. Minli beyaz tavşanlı kâsesini yeniden ortaya çıkardı ve iğnenin gösterdiği yönü takip ettiler. Onlar yol aldıkça, çevreleri daha çorak ve kayalık olup dikleşmeye başlamıştı. Önünü kesebilecek ağaçlar olmadığı için rüzgâr şiddetli bir şekilde esiyor, Minli'nin yanaklarını soğuktan kıpkırmızı yapıyordu. Buz gibi soğuk hava, onları geri itermişçesine üstlerine doğru esiyordu.

Kayalık topraklarda yürüdükten sonra akşama doğru ejderha bir ses çıkararak, "İleriye bak!" dedi.

Çok uzakta parlak sarı ışığı andıran bir nokta vardı. Gri manzaranın ortasında bir parça altını andırıyordu.

"Burası bir orman mı? Yoksa orada sarı yaprakları olan ağaçlar mı var?" diye sordu Minli. Ardından onları çevreleyen taşlara baktı. "Ama burada nasıl ağaç yetişebilir ki?"

"Sanırım orada bir köy var." dedi ejderha gözlerini kısarak. "Eğer öyleyse, seni sıcak tutacak giysiler bulabiliriz."

Her ne kadar soğuk ejderhayı etkilemese de Minli'nin titrediğini fark etmişti.

"Oraya gece olmadan ulaşamayız." dedi Minli. "Ama sanırım ileride bir mağara var. Geceyi orada geçirelim ve yarın köye ya da her neyse oraya ulaşmaya çalışırız."

Ejderha söylediklerini onayladı ve birlikte mağaranın içine kamp kurdular. Minli'nin yanındaki kekler sayesinde karınlarını doyurmuşlardı. Minli kalın ipek battaniye de keşke yanımda olsaydı diye diledi. Mağaranın içinde rüzgârdan korunsalar da, toprak sert ve soğuktu. Minli elinden geldiğince hızlı bir şekilde ateş yaktı ve ateşin verdiği sıcaklıkla derin bir nefes aldı.

Yine de o gece bir türlü uyuyamadı. Ejderha yanında horluyor, ateş çıtırdıyordu ve omuzlarında da battaniyesi vardı. Ama o bir türlü uyuyamadı. Rüzgârın savurduğu taşların tozu gibi düşünceler de zihninde uçuşup duruyordu. Ma ve Ba'yı, kimsesi olmayan Sığırı Olan Çocuk'u düşündü. Suçluluk içinde kıvranarak Ma ve Ba'nın tarladan erken dönmesi için onu nasıl zorladıkları, ilk önce onun pirinç kâsesini doldurmaları gözünün önüne geldi. Her gece sıcak yatağında uykuya daldığında ebeveyninin yanında olduklarını biliyordu, oysa şimdi ne kadar endişelenmiş olmalıydılar. Sığırı Olan Çocuk bunların hiçbirine sahip değildi. Aksine kirli bir zeminde ottan bir yatağı, çamurlu bir sığırı ve gizli bir arkadaşı vardı. Yine de Minli'nin verdiği parayı geri çevirmiş ve gülmüştü. Minli bunun nedenini tam olarak anlayamasa da biraz utandı.

Minli'nin kafası karışmıştı tam o sırada mağaranın dışından bir ses geldi. Bu da neydi? Başını kaldırdı. İşte gök gürültüsünü andıran aynı sesi yine duymuştu. Yoksa yağmur mu yağacaktı? Minli sessizce kalkıp ne olduğunu görmek için mağaradan dışarı çıktı.

Ama dışarı çıktığı an çığlığı bastı! Duyduğu ses gök gürültüsü değildi, bu bir KAPLAN'ın kükremesiydi! Dev kaplan kükredi ve Minli'ye doğru atıldı!

28. BÖLÜM

Tam Ma ve Ba yemeklerini yedikleri sırada şiddetli bir rüzgâr çıktı. Evlerinin kepenkleri sallanıp çarpmaya, hatta evin kendisi sallanmaya başladı. Fenerin ışığı da titredi. Ma ve Ba birbirlerine bakıp tek kelime etmeden pencereye doğru gittiler.

"Rüzgârın içinde korku var." dedi balık. "Büyük bir endişe."

"Fırtına mı çıktı?" diye sordu Ma.

Ba, balığa baktı. Balık da kocaman gözlerle ona bakıyordu.

"Emin değilim." dedi Ba.

Ağacın dalları sanki gökyüzü tarafından sallanmışçasına rüzgârın şiddetinden eğildi. Rüzgâr bir kez daha feryat etti ve evi soğuk bir hava kapladı. Balık kavanozundaki su dalgalandı ve balık da beraberinde sallandı. Ma ve Ba aynı anda korkudan titredi.

"Sence Minli... Bu havada dışarıda mıdır?" diye kekeledi Ma.

"Umarım değildir." dedi Ba. Rüzgâr şiddetini koruyordu. Her yer rüzgârla titriyor gibiydi. Sadece gökteki ay kıpırdamadan duruyordu.

Ba, Ma'ya baktı ve bakarken dudaklarının hareket ettiğini gördü. Ma'nın ne yaptığını biliyordu ve o da aynısını yaptı.

"Lütfen." diye yalvardı aya, "Lütfen Minli'ye göz kulak ol. Lütfen onun güvende olmasını sağla."

Ay parıldamaya devam ediyordu.

29. BÖLÜM

Minli'nin çığlığı sanki havada donmuştu. Kaplan ona doğru atladı, sivri dişleri parlıyor, bıçağı andıran pençeleri Minli'ye uzanıyordu. Minli kaçışı olmadığını biliyordu.

Ama kırmızı bir şey saldırgan pençeyi uzaklaştırdı! Ejderha kükrediği zaman Minli nefesini tuttu ve kaplanın pençesi ejderhanın kolunu yırttı. Ejderha diğer koluyla kaplanı havada uçuracak kadar sert bir şekilde fırlattı.

"GİT BURADAN!" diye gürledi ejderha. Çıkardığı ses Minli'nin bile titremesine yol açmıştı. Ejderhanın bu şekilde haykırabileceğini tahmin bile edemezdi.

Kaplan yaramaz bir çocuk gibi kötü gözlerle onlara baktı. Minli artık onun neden sıradan bir kaplan olmadığını görebiliyordu. Bir at ya da sığırdan daha büyüktü, okyanus köpüklerinden kirlenmiş kum gibi tozlu, koyu yeşil bir rengi vardı. Ayın loş ışığında bile Minli gözlerinin nefretle parladığını görebiliyordu.

Ejderha bir kez daha emretti. "GİT!" Minli, ejderhanın ne kadar büyük olduğunu unutmuştu. Kaplan büyüktü ama ejderha ondan daha büyüktü. Yine de kaplanın yüzündeki kötü niyetli ifade onları neredeyse eşit gibi gösteriyordu.

Ama kaplan bir kez daha huysuzca homurdanıp uzaklaştı. Ejderha, kaplanın ay ışığındaki gölgesi gözden kaybolana dek dimdik durdu.

Sonunda Minli'ye, "Sen iyi misin?" diye sordu.

"O kaplan..." dedi Minli başı dönerken. "O kaplan beni öldürecekti!"

"Biliyorum." dedi ejderha. "O kaplan gerçekten de çok kötüydü. Çığlık attığında bunu hissettim."

Ve birden nedenini anlayamadan Minli gözyaşlarına boğuldu. Kaplanın kükremesi kulaklarında yankılanırken acımasız pençelerini ve gözlerini görebiliyordu. Artık gittiği için Minli'nin korkusu da içinden sel gibi taşmıştı.

"Her şey yolunda." dedi ejderha ve nazikçe kolunu Minli'nin omzuna koydu.

Tam o sırada Minli, ejderhanın kolunda kanayan dört uzun kesiği fark etti. Kaplanın pençeleri keskin olduğu için ejderhadaki kesikler derindi. Minli kendini toparlayıp gözyaşlarını sildi. "Yaralanmışsın." dedi çoktan kabarmaya başlamış olan kesiklere bakarak.

"Önemli değil." diye karşılık verdi ejderha. "Endişelenme. Ejderhalar çabuk iyileşir."

Birlikte mağaraya geri döndüler ve Minli yaraları temizlemek için üzerlerine su döktü. Battaniyesiyle ejderhanın kolunu sardı ama kesikler kanamaya devam etti. Minli, ejderha uzanırken gözlerinin renginin solduğunu ve bulanıklaştığını fark etti.

"Kendimi tuhaf hissetmeye başladım." dedi ejderha boğuk bir sesle. "Sanırım uyuyacağım."

"Peki." dedi Minli. "Sen uyu. Belki uyandığında kendini daha iyi hissedersin."

Ama Minli buz kestiğini hissediyordu. Ejderha iyi değildi. Bunu biliyordu. Gece boyunca nefes alışları daha da boğuklaştı ve sürekli terledi. Minli battaniyeyi her açtığında yüzünü buruşturuyordu. Yaraları gittikçe kötüleşmişti Minli titredi ve bu kez nedeni soğuk değildi.

Zayıflıyor, diye düşündü Minli. Yolunda gitmeyen bir şey var. Bir şeyler yapmalıyım. Ejderhanın yardıma ihtiyacı var. Ama onu yalnız bırakmak istemiyorum. Ne yapacağım?

Güneşin ilk ışıklarının mağaradan içeri süzülmesiyle birlikte ejderha artık güçlükle soluk alıp vermeye başlamıştı, Minli, ejderhayı uyandırmaya çalıştı ama uyanmayınca paniğe kapıldı, ne yapması gerektiğini bilmiyordu. Hızlı düşünmeye çalıştı. Birden o köy geldi aklına. Hızlı düşünen zihni telaşlı bir kelebek gibi öne atıldı. Biliyorum. Belki orada ne yapılması gerektiğini bilen birileri vardır dedi kendi kendine.

Minli ayağa kalktı ve ejderhanın kulağına fısıldadı, "Yardım getirmeye gidiyorum. Hemen döneceğim, söz veriyorum. Sadece o zamana kadar dayan, olur mu?"

Ama ejderha cevap vermedi ve Minli'nin gözleri dolmaya başladı. Çabucak, eşyalarını bile toplamadan arkasını döndü ve mağaradan çıktı.

Öğlen olmak üzereydi ve Minli gözlerini kısarak güneşe baktı. Rüzgâr hâlâ şiddetle esiyordu, ama Minli fark etmedi bile. Aksine uzaktaki sarı yamayı andıran yere doğru koşmaya başladı.

30. BÖLÜM

Minli'nin ayakları kayalıklara çarpıyor, yukarı doğru tırmanırken zeminle âdeta savaş veriyordu. İlerlemek çok zordu. Rüzgârla oyulmuş kayalar ve büyük parçalar ağaçlara benzer bir şekilde yerden yükseliyor, yolunu şaşırtıp dengesini bozuyordu. Minli o kadar kararlı bir şekilde ilerliyordu ki, hafif bir kükremeyi fark etmedi. Bu kaplanın sesiydi!

Büyük şekilsiz kayalardan birinin üzerinden yeşil kuyruğunun ucu görünüyordu. Minli sessizce yerden sivri uçlu bir taş aldı ve emekleyerek ilerledi.

İşte oradaydı! Kötü hayvan açık alanda bir ileri bir geri gidip gelirken sanki birilerini bekliyor gibiydi. Minli elindeki taşı daha sıkı tuttu.

Ve birden soluğu kesildi. Parlak kırmızı elbiseli, tıknaz bir kız çocuğu kaplana doğru koşuyordu. Minli, onu uyarmak için çığlık atmak üzereyken, birisi arkasından onu yere çekip ağzını kapadı.

"Şişt!" dedi ses ve Minli, kızla aynı yaşta görünen bir erkek çocukla göz göze geldi. Minli, çocuğun pelerin gibi kullandığı gri battaniyenin altından kızınkiyle aynı kırmızı kapitone kumaşın parıldadığını gördü. Çocuğun yüzü yuvarlak ve yanakları pembeydi. Endişeli hâli dışında güler yüzlü birine benziyordu. Minli, çocuğun bu hareketlerini başıyla onaylayarak sessiz kaldı.

"Oh Yüce Yeşil Kaplan!" Küçük kız canavarın önüne atladı ve titrek bir ses tonuyla yere kapanarak. "Değersiz atalarımın öfkelendirdiği derebeyinin güçlü ruhu! Kardeşim ve ben size talep ettiğiniz gibi kurban olarak gönderilmiştik." dedi.

Kaplan öfkeyle kükrerken kız korkudan büzüldü.

"Özür dilerim." dedi kız sesi titreyerek. "Kardeşim ve ben sizin için gönderilmiştik, ancak buraya doğru gelirken yolda başka korkunç bir canavar bize saldırdı! Kardeşimi aldı, o yüzden tek başıma geldim."

Kaplan daha çok öfkelendi.

"Evet, başka bir canavar. Şöyle oldu..." dedi ve anlatmaya başladı.

KIZIN YEŞİL KAPLAN'A ANLATTIĞI MASAL

Ailemize gönderdiğiniz mesaj büyük bir karmaşaya neden oldu. Büyük babamız A-Gong bize sizin her ay kurban edilmek üzere iki çocuk istediğinizi söylediğinde herkes ağlayıp feryat etti. Bu atalarımızın ona ettiği hakaretin bedeli, dedi ve ödediğimiz takdirde ailemizin tamamını rahat bırakacağınızı belirtti. Bu büyük bir bedeldi ama sizin muazzam gücünüze karşı gelemeyeceğimizi biliyorduk.

Böylece kardeşim ve ben ilk iki çocuk olmayı istedik. Ailemiz gözyaşı dökerken, kardeşimle birlikte size gelebilmek için yola çıktık. Ancak sizinle buluşmak üzereyken, karşımıza kayaların arasından şeytani bir canavar çıktı!

Size benziyordu, tabii sizin kadar güçlü ve cesur değildi. Ve gecenin gölgeleri kadar karanlık bir rengi vardı. Bize kükredi ama biz korkuyla yere kapanınca ben, "Bizi yeme canavar! Biz Yüce Yeşil Kaplan'a aidiz!" dedim.

Söylediklerimi duyan canavar kükremesine bir son verdi. "Yeşil Kaplan mı?" diye sordu.

Ben de, "Evet." dedim. "Biz Yüce Yeşil Kaplan'ın kurbanlarıyız! Sizin olamayız. Bize saldırırsanız cesur Yeşil Kaplan'ı kızdırırsınız ve o da sizi yok eder." dedim.

Canavar, "Beni yok etmek mi?" dedi ve güldü. "Yeşil Kaplan çelimsizin tekidir!"

Kardeşim, "Hayır!" diye itiraz etti. "Yüce Yeşil Kaplan en güçlü canavardır! Kimse onu yenemez!" dedi.

Canavar bir kez daha güldü. "Kâğıttan bir inek bile Yeşil Kaplan'dan daha cesurdur! Seni alacağım ama kardeşini o zavallı köpek için bırakacağım!"

"Bunu söyleyen canavar... kardeşimi aldı ve mağarasına doğru sürükledi." diye sözlerine devam etti kız.

Kız hıçkırarak ağlamaya başlayınca, Minli, çocuğa kaçamak bir bakış attı. Çocuk biraz utangaç görünüyordu ama yine parmaklarını dudaklarına götürüp Minli'ye sessiz olmasını işaret etti. Kaplan sabırsızca homurdandı.

"Gözden kaybolurken dedi ki..." Kız, kaplanın öfke saçan gözlerine endişeyle bakıp yutkundu ve devam etti. "Yeşil Kaplan'a, oğlunun, kralın; beni zavallı çelimsiz babasına yem olarak bıraktığını söyleyecekmişim!"

Bu cümleyle birlikte Yeşil Kaplan o kadar şiddetli kükredi ki, kayalar bile yerinden oynadı. Minli de titreyince çocuk kolunu daha sıkı tuttu.

"Size kardeşimi götürdüğü mağarayı gösterebilirim." dedi kız.

Kaplan öfkeden ateş saçan kısık gözlerle baktığı kızı başıyla onayladı.

Korkudan tir tir titreyen kız ayağa kalktı ve kaplana yol gösterdi. Çocuğun işaretiyle birlikte Minli de sessizce onları takip etti.

31. BÖLÜM

Minli ve çocuk arada mesafe bırakarak onları takip ediyorlardı. Kız sonunda açıklık bir alana gelince durdu. İşte o an Minli ve çocuk kayalardan birinin arkasına gizlendi ve Minli bu alanın terk edilmiş bir evin kalıntıları olduğunu fark etti. Çoğu rüzgâr tarafından aşınmıştı.

"İşte." dedi kız. "Canavar kardeşimi bu mağaraya sürükledi." Yerdeki tuhaf bir deliği işaret etti.

Minli güçbela bunun büyük, kullanılmayan bir kuyu olduğunu anlayabildi. Deliğin çevresindeki kayalar sert ve çatlaktı. Sivri taşlardan birine kırmızı bir kumaşın ipi takılmıştı.

Minli, çocuğa baktı ve pantolonunun yırtılmış olduğunu gördü. Çocuk ona gülümsedi.

"Canavar... Oğlunuz..." diye kekeledi kız. "O burada! Aynı zamanda..."

Kaplan devam etmesi için kıza kükredi.

"Dedi ki..." Kız korkudan yutkunuyordu. "Onunla yüzleşemeyecek kadar korkakmışsınız!"

Kaplan zalimce kıza baktı, sinsice kuyunun kenarına kadar geldi ve karanlığa doğru homurdandı.

"İşte orada!" dedi kız. "Onu görebiliyor musunuz?"

Kuyu gölgelerle doluydu, ama karanlık su kaplanın tehdit edici gözlerinin ve sivri dişlerinin yansımasını yakaladı. Hiddetlenen kaplan, bunun siyah canavar olduğunu düşünerek kendi yansımasına kükredi. Yansımanın karşılık vermesiyle kaplan daha da tehditkâr bir karşılık verdi. Kükreme bir daha yankılandı.

"İşte o!" dedi kız. "Sizinle alay ediyor!"

Öfkeden deliye dönen kaplan taşlara pençelerini geçirdi ve bu kez çok daha yüksek bir sesle kükredi.

"Buna nasıl cüret edebilir!" dedi kız. "Sizi aşağılıyor! Hem de kendi oğlunuz!"

Kızın sözleri ve kendi kükremesinin yankıları Yeşil Kaplan'ı çılgına çevirmişti. Kontrol edemediği öfkesi sanki havada elektrikleniyordu. Kaplanın her bir tüyü diken diken olmuş, dişleri ve gözleri bıçağın keskin ucu gibi parlıyordu.

Kaplan kulakları sağır eden, gök gürültüsünü andıran bir sesle kükredi. O kadar güçlü bir sesti ki kız yere kapandı, Minli ve çocuk elleriyle kulaklarını kapattılar. Kaplan saldırmak için öne atıldığı sırada kükremesinin yankısı onu şaşkına çevirdi. Sonunda Yeşil Kaplan bir kez daha kükreyip kuyunun içine atladı!

Kükreme ve ardından gelen su sesiyle birlikte hepsi donup kalmışlardı. Sonra rüzgâr, gökyüzüne doğru son bir ulumanın ardından sessizlik oldu. Minli şüpheli bir şekilde kuyuya bakıyordu. Ama Yeşil Kaplan gitmişti!

32. BÖLÜM

"Başardık! Başardık!" Çocuklar koşup birbirlerine sarılarak kahkahalar attılar. İkisi de Minli'den daha küçüktü. Minli onların ikiz olduklarını fark etti. Yuvarlak suratları, pembe yanakları ve neşe saçan gözleri tamamen aynıydı. Çocuğun gizlenmek için kullandığı gri battaniye şimdi yerdeydi. Çocuklar, gülücükler saçan yüzleri ve uyumlu parlak kırmızı giysileriyle yuvarlanan iki kirazı andırıyorlardı. Minli kendine engel olamayıp gülümsedi.

Ve ikizler gülüp birbirlerini tebrik ederken, uzaktan başka bir ses duyuldu.

"A-Fu! Da-Fu!" diye bağırdı ses. "Neredesiniz?"

Çocuklar birbirlerine baktılar. "A-Gong!" dedi kız ve ikisi birlikte, "Buradayız! Buradayız!" diye bağırmaya başladılar.

Uzun boylu, gri saçlı bir adam hızla yanlarına geldi. Sırtında çantası, bir elinde kılıç diğerindeyse mızrak vardı. Çocukları görür görmez iki silah birden elinden düştü ve çocuklar adamın kollarına koştu.

"A-Fu! Da-Fu!" diye haykırdı adam. "Sizin için çok endişelendik!"

"Başardık A-Gong!" dedi erkek çocuk. "Başardık! Aynen söylediğimiz gibi canavarı yok ettik."

"Evet." diye onayladı kız. "Planımız işe yaradı! Onu kuyuya çektik, aynı planladığımız gibi yaptık!"

Çocuklara sıkıca sarılan adam, "Bunu yapmamanız gerekiyordu." dedi. "Size bunun tehlikeli olduğunu söylemiştik."

"İşte bu yüzden kaçtık." dedi kız. "İşe yarayacağını biliyorduk... Aynı senin söylediğin gibi öfkesini ona karşı kullandık. Oğluna karşı çok daha öfkeli olduğunu ve öfkesinin onu kör edeceğini söylemiştin... Bizde bunu başardık!"

"Bir şeyler yapmanız gerektiğini söylemedim." diye itiraz etti adam ve diz çöküp çocukları omuzlarından tuttu. "Yeşil Kaplan'ın peşinden kendi başınıza gitmemeliydiniz."

"Bize kızmadın, öyle değil mi?" diye sordu erkek çocuk. "Artık kimsenin korkması gerekmeyecek. Hayvanları evden dışarı çıkarabiliriz ve yeniden dışarıda dolaşabiliriz!"

"Ah Da-Fu!" dedi büyük babaları ve onlara daha sıkı sarıldı. "A-Fu! Her ikiniz de iyisiniz ya! Önemli olan bu!"

Ardından gri saçlı adam, Minli'nin onları izlediğini gördü.

Minli'yi işaret edip, "Ah, bu da kim?" diye sordu.

Çocuklar bir şey söyleyemeden Minli çabucak bir selam verdi ve konuşmaya başladı.

"Lütfen, Yeşil Kaplan arkadaşımı yaraladı ve o..."

Büyük baba çocukları kenara itti ve ayağa kalktı. "Yeşil Kaplan onu yaraladı mı?" diye sordu. "Beni hemen arkadaşının yanına götür. İlaç çantasını yanımda getirmiş olmam büyük şans. Da-Fu battaniyeni al ve bu kıza ver. Çok üşümüş."

Çocuk battaniyeye doğru koşarken pantolonunun yırtılan parçasını almak için durdu ve battaniyeyi Minli'ye verdi. Minli gri battaniyeye sarındı. Battaniye için minnettardı, ama adamın hızla yardım etmek istemesi onu daha çok mutlu etmişti. Minli, ona aceleyle yol gösterirken adam, "Arkadaşın yaralanalı ne kadar oldu?" diye sordu. Minli olanları anlattıktan sonra adam başını iki yana salladı. "O hâlde acele etmeliyiz. Yeşil Kaplan sıradan bir canavar değil. Dişleri ve pençeleri zehirlidir. Bendeki ilacı ona ulaştıramazsam, arkadaşın güneşin doğuşunu göremeden ölecektir."

Minli güçlükle yutkundu ve adımlarını hızlandırdı. Rüzgâr uyarırcasına çığlığı andıran sesler çıkarıyordu. Minli, Da-Fu'nun battaniyesinin altında bile üşüdü. Geç kalmış olabilirler miydi? Ejderhayı kurtarabilecekler miydi?

33. BÖLÜM

Minli, A-Fu, Da-Fu ve büyük babalarına mağaranın girişini işaret ederek, "İşte burası!" diye bağırdı. A-Gong mağaranın girişine ulaşmadan ilaç şişesini eline almıştı bile.

İçeri girmeleriyle birlikte Minli, ejderhanın kulaklarını tırmalayan nefesinin sesiyle rahatladı. Hâlâ hayattaydı! Ama çocuklar ve büyük babaları loş ışıkta onu yatarken görünce şaşırdılar.

"Arkadaşın... arkadaşın..." dedi erkek çocuk şaşkınlıkla. "Bir ejderha mı?"

Yaşlı adam hemen kendini toparladı. "Hiç önemi yok." dedi. "Hızlı olmalıyız, yarası nerede?"

Minli, ejderhanın kolunu gösterdi. Kesikler âdeta köz gibi ejderhanın kolunu yakmışlardı. Siyahlık yayılmıştı ve ejderhanın kolu yanık bir ağaçtan farksızdı.

Yaşlı adam hızla Minli'yi kenara itip ejderhanın yaralı koluna şişenin içindekini dökmeye başladı. Bu açık sarı, yeşil karışımın taze çiçeklerden oluşan bir kokusu vardı ve Minli'ye bahar sabahını çağrıştırmıştı. İlaç ejderhanın yaralı koluna döküldükçe, ejderhanın kapalı gözleri aralandı, derin bir acı son bulmuşçasına rahatladı. İlaç koyu renkli zehri eritti, siyahlık akıyor gibiydi ve ejderha daha rahat nefes almaya başladı.

Minli derin bir nefes aldı. O ana kadar nefesini tuttuğunun farkında bile değildi. Minli, ejderhanın iyi olacağını biliyordu.

"Da-A-Fu." dedi yaşlı adam ve Minli, adamın her iki torununa birden ortak isimle hitap ettiğini fark etti. "Eve gidin, olanları ve benim nerede olduğumu anlatın yoksa merak edeceklerdir. Burada ejderhayla birlikte kalmam gerekiyor. Amah'a ve diğer kadınlara ilaç yapmalarını söyleyin ve hazır olduğunda bana getirin. Ejderha uyandığında ilaçtan içmeli."

Minli yumuşak bir sesle, "Teşekkür ederim." dedi.

Adam dönüp Minli'nin rüzgârdan yanmış yüzüne, karmakarışık saçlarına ve gözlerinin altında yorgunluktan oluşmuş gölgelere baktı. Minli'ye içtenlikle, "O iyi olacak." dedi ve tekrar çocuklara dönüp konuşmaya devam etti. "Da-A-Fu, bu kızı eve götürün. Amah'a onunla ilgilenmesini söyleyin. Anlaşılan uzun zamandır sıcak bir yatakta uyumamış."

"Ben, ejderhayla birlikte kalmak istiyorum." diye itiraz etti Minli. "Ona yardım etmek istiyorum."

"Ben onunla kalacağım." dedi adam. "Endişelenme, o iyi olacak. Ona zaten yardım ettin."

Minli tartışmak için ağzını açtığında konuşmak yerine uzun uzun esnedi. Adamın haklı olduğunu anladı ve başıyla onu onayladı. Bir elinden erkek, diğerinden de kız çocuk tuttu ve onu mağaradan dışarı çıkardılar.

34. BÖLÜM

"Hanginiz A-Fu, hanginiz Da-Fu?" diye sordu Minli ikizlere. "Benim adım Minli."

Çocuklar güldü, kıkırdamaları uyum içinde çalan zilleri hatırlatıyordu. "Ben A-Fu'yum." dedi kız. "O da Da-Fu. Ama bize Da-A-Fu da diyebilirsin. Çünkü her zaman beraberiz. Herkes öyle der."

Minli gülümsedi. Endişeyle geçen uzun gecenin ardından kendini yorgun hissetmişti. Ama çocukların mutluluğu yorgunluğunu azaltıyor gibiydi. Her bir kelimeleri neşeyle sarmalanmıştı, kahkahaları onu uzaktaki sarı yamaya doğru götürüyordu.

Ve uzaktaki noktaya yaklaştıklarında Minli sarılıkların çiçek olduğunu gördü. Karşısında çiçek açmış ağaçlarla dolu bir yer vardı. Ağaçlar parlak çiçeklerle doluydu ve rüzgâr estikçe altın çiçekler yağmur gibi düşüyordu.

Çiçeklere yaklaşıp baharatlı kokularını içine çekince Minli'nin nefesi kesildi. "Bu çok güzel." dedi. Çocuklar yine güldüler. Giysilerinin parlak kırmızı rengi ve ağaçlardaki altın sarısı çiçekler, Minli'yi büyülemişti.

Oysa bu parlaklık ilerideki köyün taştan çatılarıyla tezat oluşturuyordu. Evler, dağın soğuk ve sert kayalarından oyulmuş gibiydi. Ve Minli çiçekli ağaçların kuru topraktan çıkan tek şey olduğunu gördü. Çocuk, Minli'nin şaşkınlığını fark etmişti.

"Bizim evimiz burası." dedi. "Ay Yağmuru Köyü."

"Ay Yağmuru Köyü mü?" diye sordu Minli. "Bu ilginç bir isim. Neden köyünüze çiçekli ağaçların adı verilmemiş?"

"Aslında verilmiş." dedi Da-Fu.

AY YAĞMURU KÖYÜ MASALI

Yüz yıl önce, atalarımız buraya geldiklerinde toprak çorak ve griydi. Çevredeki her şey renksiz, rüzgâr etkili ve soğuktu. Yine de atalarımız çok çalıştılar. Dağdaki taşlardan

evler yaptılar, sıcak tutan pamuklu ceketler diktiler ve sert toprakta tohumlar yetiştirdiler.

Ancak tüm çabalarına karşın, toprak tek bir çiçek dahi vermeyi reddetti. Yine de durum ne kadar umutsuz görünürse görünsün, atalarımız çalışmaya devam ettiler.

Ardından bir gece, dolunay varken tuhaf, kanat çırpmayı andıran bir ses duydular. Atalarımız bunun büyük bir fırtına olduğunu düşündüler ve hızla evlerine girdiler.

Ve gerçekten de büyük bir *fırtına* geldi. Çakan şimşekle birlikte gökyüzünden yağmur damlaları düşmeye başladı.

Ama bu çok garip bir yağmurdu! Yuvarlak ve düzgün olan yağmur damlaları parlak ışıkta gümüş incileri andırıyordu. Ve toprağa değdiklerinde kayboluyorlardı.

Atalarımız birbirlerine, "Gökten inciler yağıyor!" diye seslendiler. "Aydan gelen mücevherler!" Hepsi birden dışarı çıkıp sepet ve çantalarına bu garip yağmurdan yakalayabildiklerini doldurdular. Yağmur damlaları yakalandıklarında sihirli bir şekilde kaybolmuyorlardı. Çok geçmeden sepetler ve torbalar ağzına kadar doldu.

Ama sabah olunca atalarımız yağmur damlalarının inci ya da mücevher değilde aslında tohum olduklarını gördü. Ancak hiç kimse bunların ne tohumu olduğunu anlamadı. Atalarımız merakla bu tohumları sert toprağa ekti.

Ve ay yeniden yükseldiğinde o gece yeniden o tuhaf yağmur yağdı. Atalarımız bu kez sadece damlaların toprakta kayboluşunu izledi. Sabah olunca, ekilmiş olan tohumlar sihirli bir karışımla sulanmışçasına filizlenmeye başladı.

Böylece her gece tohum yağmuru yağmaya devam etti. Güneşin doğmasıyla birlikte filizler daha da büyüdü. Çok geçmeden altın çiçekleri olan gümüş renkli ağaçlara dönüştü. O kadar güzeldiler ki, atalarımız çok daha fazla tohum ekti. Ve çok geçmeden köyün tamamı yüzlerce altın çiçekli ağaçla kaplandı.

İşte o günden bu yana köyümüzün adı Ay Yağmuru Köyü. Her gün yeni tohumlar ekiyoruz ve her gece ay yağmuru yağdıktan sonra ertesi gün yeni filizler çıkıyor. Belki yüz yıl sonra tüm bu kayalık topraklar ağaçlarla kaplanacak ve dağımız da ay kadar parlak olacak.

"Yani bu tohumlar her gece gökten mi yağıyor?" diye sordu Minli.

"Şey, her gece ay var." dedi kız. "İşte bu yüzden ona Ay Yağmuru diyoruz."

"Ve nedenini bilmiyorsunuz, öyle mi?" diye sordu bu kez Minli. Ne kadar yorgun olursa olsun merak etmekten kendini alamıyordu.

Her iki çocuk da başlarını hayır anlamında salladılar. Minli başka soru soramadan çocuk ileriyi işaret etti. Minli işaret ettiği yere baktığında neşeli bir kalabalığın onları beklediği kırmızı kapıları gördü.

"Geldik!" diye bağırdı çocuk. "Hadi, sonunda eve geldik!"

35. BÖLÜM

O büyük fırtınadan sonra Ma ve Ba köyün büyük zarara uğramış olmasından endişelendiler. Ve sabah olunca güneş göğe yükseldiğinde, köy korkunç görünüyordu. Dev ağaç dalları kırılmış ve yaprak yığınları, çatı kiremitleri, toz ve pislik her yere dağılmıştı. Yine de köylüler temizlik yapmaya başladıklarında, fırtınanın onlara korktukları kadar zarar vermediğini gördüler.

"En azından evlerimiz zarar görmemiş." diyordu köylüler birbirlerine. "Ve hepimiz iyiyiz."

Şey, Minli hariç herkes, diye eklediler sessizce.

Ma ve Ba, komşuları bir şey yapmadan durup kendilerine baktıklarında hiçbir şey söylemediler. Kırılan dalların toplanmasına yardım ettiler, sokaktaki kiremit parçalarını süpürdüler ve kepenkleri tamir ettiler. Gece olunca altın balıkla birlikte masada sessizce oturuyorlardı. Her ne kadar Ma hiçbir şey duymasa da Ba, balığın rüzgâr şiddetli estiği sırada korkuyla ilgili sözlerini hatırladı. İçi endişeyle doldu ve balığın yeniden konuşması için bekledi. Ancak balık sessiz kaldı.

Sonunda Ma bir komşuya yardım etmekle meşgulken Ba, balığa soru sormaya çalıştı.

"Fırtına sırasında rüzgârın içinde korku olduğunu söylemiştin." dedi. "O kimin korkusuydu? Minli'nin mi? Minli bir şeyden mi korkmuştu?"

Balık yuvarlak gözleriyle Ba'ya baktı ve hiç ses çıkarmadı.

"Lütfen söyle bana." dedi Ba ve iki eliyle kavanozu kavradı.

Balık sessizce kavanozda yüzmeye devam etti.

Ba şaşırmıştı. Yoksa balık artık konuşmayacak mıydı? Ya da artık söylediklerini anlamıyor muydu? Belki de balık hiç konuşmamıştı ve tüm bunlar bir hayal ürünüydü!

Ba kulağını suya yaklaştırdı. Acaba kabarcıklar bir fısıldama mıydı? Biraz daha yaklaştı, tam kulağı suya girmişti ki...

"Ne yapıyorsun?" diye sordu odaya giren Ma.

Ba hızla başını kaldırdı. Kulağından su damlıyordu.

"Ah, hiçbir şey." dedi utançla.

"Kulağını balık kavanozunun içinde mi temizliyordun?" diye sordu Ma biraz ürkerek.

"Pek sayılmaz." diye yanıtladı Ba.

Ma'nın yüzünde şaşkın bir ifade belirdi, ancak utanç içinde kulağını silen Ba'ya baktıkça uzun yıllardır yapmadığı bir şeyi yaptı. Ma güldü.

"Çok komik görünüyorsun! Eğer Minli burada olsaydı..." dedi Ma ve devam etti. "O da sana kahkahalarla gülerdi."

"Evet, gülerdi." dedi Ba ve o da gülmeye başladı. "Gözlerinden yaş gelene dek gülerdi."

Kahkahaları birbirine karıştı ancak bir süre sonra gözlerinden gelen bu yaşın gerçek nedeninin ne olduğunu anlamışlardı.

36. BÖLÜM

Minli o kadar yorgundu ki, köye girdiklerinde neler olduğunu güçlükle hatırlayabildi. Çevrelerine toplanan insanların gürültüsünü ve Da-A-Fu onlara Yeşil Kaplan'ı nasıl zararsız hâle getirdiklerinin hikâyesini anlatırken çıkardıkları yüksek nidaları güçlükle aklında kalmıştı. Onu bir evin içine doğru iten yaşlı kadının sıcak ve kocaman kucaklamasını da hayal meyal hatırlıyordu. Ancak soğuk bir günde fırından yeni çıkmış kurabiyeyi tutmak gibi sıcak ve yumuşak bir yatağa kendini bırakmanın ne demek olduğunu unutmamıştı. Minli gözlerini kapadı ve hızla uykuya daldı.

Uyandığında başucunda üzerinde dolgun şeftalileri andıran üç yuvarlak yüz belirdi. Bunlar Da-Fu, A-Fu ve büyük anneleri Amah idi. Çocukların üzerinde kırmızı pamuklu giysileri (Da-Fu'nun pantolonundaki yırtık yamalanmıştı.) ve ellerinde de taşınabilir ısıtıcılar vardı. Isıtıcılar ve odanın kalabalığıyla birlikte Minli kendini çok sıcak bir yuva ortamında hissetti. Ve gülümsedi.

"Günaydın." dedi Amah.

Çocuklar kıkırdadı. "İyi geceler!" dedi Da-Fu. "Bütün gün uyudun! Birazdan yeniden uyuyacağız."

"Hadi Da-A-Fu, kızla uğraşmayın." dedi Amah. "Belli ki çok yorgundu. Al Minli bunu iç."

Amah elindeki demlikten fincana çay koydu ve Minli'ye uzattı. Minli çayı minnetle içti. Sıcacık çay boğazından yumuşacık akarken bütün vücudu sanki taze enerjiyle doldu. Bir yudum daha aldı ve tanıdık gelen keskin kokuyu içine çekti.

"Bu çok güzel bir çay." dedi. "Teşekkür ederim."

"Bu çay değil." dedi A-Fu. "Bu kaplanın zehrini iyileştiren ilaç."

"Aynı zamanda da çay." diye ekledi Amah. "Yeşil Kaplan sana saldırmış olsun olmasın yine de iyi gelecektir."

Minli çayı içmeyi bıraktı. "Ejderha için yeterince var mı?" diye sordu. A-Gong'un çocuklardan biraz daha ilaç getirmelerini isteyişini hatırlamıştı. "Belki de bunu ona götürmeliyiz."

Da-A-Fu bir kez daha kıkırdadı. "Endişelenme." dediler hep bir ağızdan. "Bizde yeterince var. Bu ilaç çiçekli ağaçların yapraklarından hazırlanıyor."

"Ayrıca Da-A-Fu çoktan arkadaşın için koca bir demlik götürdü bile." dedi Amah. Kırışık yüzü Minli'ye içtenlikle bakıyordu.

"Evet." dedi A-Fu. "Ejderhan iyileşiyor. Demliği götürdüğümde o ve A-Gong sohbet ediyorlardı. Hatta onu Yeşil Kaplan'ın zehrinden kurtardığın için sana teşekkür bile etti."

Minli arkasına yaslandı, duydukları onu rahatlatmış ve mutlu etmişti. "Yeşil Kaplan tam olarak neydi? Da-A-Fu derebeyiyle ilgili bir şeyler söyledi. Ve bu çayın kaplanın zehrine iyi geldiğini nereden biliyorsunuz?" diye sordu Minli.

"Bunu şans eseri öğrendik." diye karşılık verdi Amah ve anlatmaya başladı.

YEŞİL KAPLAN VE ÇAY MASALI

Dört dolunay önce Yeşil Kaplan bizleri bulduğunda, çok geçmeden onun sıradan bir kaplan olmadığını anladık. Söz konusu olan rengi ya da iriliği değildi, farklı olan bize karşı olan öfkesiydi. Önce çiftlik hayvanlarımıza -kuzulara, domuzlara ve tavuklara- saldırdı. Amacı yemek değil, sadece öldürmekti. Kötülüğüyle bizimle alay ediyor, ölmek üzere olan hayvanları kapımızın önüne bırakıyordu. Hemen öldür-

mediği hayvanlar, birkaç saat içinde aldıkları darbelerle can veriyordu.

Aramızdan birini yakalamasının an meselesi olduğunu biliyorduk. Kalan hayvanları ve çocukları evlerin içinde tutup, dışarı salmadık. Eşim A-Gong bize işkence çektiren bu güçlü canavarla ilgili bilgi toplayabilmek için deliler gibi çalıştı.

A-Gong sonunda Yeşil Kaplan'ın gerçekte ne olduğunu keşfettiğinde yiyeceğimiz bitmek üzereydi. A-Gong, genç bir adamken buranın güneyindeki şehre bir yolculuk yapmış ve oradan eski bir tarih kitabı getirmişti.

O kitapta yazanlar sayesinde A-Gong; Yeşil Kaplan'ın atalarımızdan mutluluğun sırrını öğrenmeye çalışan, ancak umduğu şeyi bulamayan ve karşılığında öfkelenen derebeyi olduğunu keşfetti. Derebeyi yaşamı boyunca içini o kadar çok öfkeyle doldurmuştu ki, ruhu vücudunu terk ettiğinde huzur bulamamış ve Yeşil Kaplan'a dönüşmüştü. A-Gong, Yeşil Kaplan'ın ona karşı hata yapanları arayıp bulduğunu öğrendi. Kaplan bizi kendi kafasında yarattığı suçumuzdan ötürü cezalandırmalı ve cezamız tamamlandığında yok etmeliydi. Ardından diğer suçluları bulup onları da cezalandırdıktan sonra yok etmeye devam edecekti. Kim bilir bize gelmeden önce ne kadar çok insana zarar vermişti. Belki de bizi sadece dört dolunay önce bulmuş olmasından dolayı şanslıydık.

Umutsuzluk içinde erkekler kaplanı öldürmek için bir av düzenlemeye karar verdiler. Ancak Yeşil Kaplan, bize göre çok güçlüydü. Kılıçlarımız ve adamlarımızı paramparça etti.

Erkeklerin yarısını ayakta kalanlar taşıyordu ve neredeyse hepsi yaralanmıştı.

Kadınlar ve çocuklarla hep birlikte yaralıları iyileştirmeye çalıştık. Oysa kaplanın zehri hepsini gitgide kötüleştiriyordu. Ve ben umudumu kaybetmeye başlamıştım.

Her ne kadar geçmişte hayvanların üzerinde işe yaramamış olsa da, sıcak suyun belki de yaralardaki zehri temizleyebileceğini düşündüm. Böylece ne kadar tehlikeli olursa olsun, kuyudan su almak için evden ayrıldım. Tam dönüyordum ki kaplanı gördüm!

Kapımızın dışında durmuş tuhaf bir şeyler yapıyordu. Sanki bir şeyler planlıyor gibi bir hâli vardı. Mesafemi korudum ve bir ağaç gövdesinin arkasına saklandım. Sonunda işini bitirdi ve beni fark etmeden gitti.

O gider gitmez hemen kapıya doğru koştum. Kaplan kapının önüne tuhaf bir dizilişle birkaç eşya bırakmıştı. Yerde, üzerinde ay olan kırık bir vazo, kırış kırış olmuş bir çocuk ceketi ve üzerinde iki derin pençe izi olan bir taş vardı. Bunun bir mesaj olduğunu biliyordum, peki ama anlamı neydi?

Bunu bilebilecek tek kişi A-Gong'du. Ama o da hastaydı ve kaplanın zehrinden ölmek üzereydi. Eve doğru koşarken gözlerim acıyla doldu.

Ağlamamak için o kadar savaş veriyordum ki, biriken gözyaşlarımdan etrafımı göremez olmuştum. İşte bu nedenle ancak kokusu çevreye yayıldığında kaynattığım suda ağaçlardan düşmüş yapraklar olduğunu fark edebildim. Herhâlde ben Yeşil Kaplan'dan saklanırken düşmüş olmalıydılar. Yeniden dışarı çıkıp su getirmek çok tehlikeliydi. Zaten herkes dışarı çıktığım için yeterince korkmuştu. Böylece içinde yapraklar olan sıcak suyu A-Gong'un yarasını temizlemek için kullandım.

Ve yarası sihirli bir şekilde iyileşmeye başladı. Gözlerime inanamıyordum. İçmesi için A-Gong'a yapraklı sudan biraz daha içirdim ve çok geçmeden düzgün nefes almaya başladı ve rahatladı. Hızla çayı diğer erkeklere de içirdik. Son yaralı adama çay içirdiğimiz sırada A-Gong dikilmiş ve yatağında Da-A-Fu'yla birlikte oturuyordu.

"Aptalca davrandım." dedi A-Gong. "Yeşil Kaplan'a karşı daha fazla öfkeli savaşamayacağımızı biliyordum. Bu şekilde onu daha çok güçlendirmiş olduk. O gücünü öfkesinden alıyor, ama bu aynı zamanda onun zayıflığı olabilir. Öfkesi gözlerini kör edebilir, işte o zaman savunmasız olacaktır. Belki derebeyinin en çok kime öfkeli olduğunu bulabilirsem, o zaman..."

"Gerçekten de iyileşiyorsun." dedim ve gülümsedim. "Çoktan planlar yapmaya başladın bile. Ama neden şimdi biraz daha dinlenmiyorsun?"

"Hayır." dedi A-Gong ve endişelerimi artırdı. "Yeşil Kaplan bize daha fazla zarar vermeden hakkında bilgi edinmeliyim."

İşte o an A-Gong'un, Yeşil Kaplan'ın bıraktığı mesajı görmesi gerektiğini anladım. Da-A-Fu'yla birlikte onu bir battaniyeye sardık ve yürümesi için yardım ettik. A-Gong ciddi bir surat ifadesiyle eşyaları inceledi. Tam da tahmin ettiğim gibi, mesajın ne anlama geldiğini hemen çözmüştü.

"Yeşil Kaplan ne diyor?" diye sordu A-Fu.

"Her ay ona iki çocuk verirsek bizi rahat bırakacağını söylüyor." dedi A-Gong. "Bu bize biçtiği cezanın başlangıcı. Atalarımızın kefaretini böyle ödeyeceğiz."

"Peki, bunu nasıl anladın?" diye sordu Da-Fu.

"Çocuk giysilerinin yanındaki iki pençe izi iki çocuk istediği anlamına geliyor. Bu vazoysa barışın bir simgesi, üzerindeki ay resmi her ay istediğini anlatıyor. Yani bize iki çocuk karşılığında bir aylık barış öneriyor." dedi A-Gong.

"Bunun hiçbir önemi yok." diye devam etti. "Onun için yavru bir kuzu bile kurban etmeyeceğiz."

"Ama A-Fu ve benim başka fikirlerimiz vardı." dedi Da-Fu araya girerek. "A-Gong, Yeşil Kaplan'ı en çok kızdıranın kendi oğlu olduğunu öğrendikten sonra -oğlu bir kraldı ve derebeyini krallığından sürdürmüştü- bir plan yaptık!"

"Evet." diye onayladı A-Fu gururla. "Yeşil Kaplan'ın kuyuya gelmesini sağlayacaktık ve onu orada ortadan kaldıracaktık. Ve planımız işe yaradı!"

"Bu aynı zamanda bizim onaylamadığımız bir plandı." dedi Amah başını iki yana sallarken. Yine de sevgi dolu gülümsemekten kendini alamıyordu. "Sevgili Minli, artık bizim hikâyemizi biliyorsun ama biz seninkini bilmiyoruz. Sadece ismini ve ejderha bir arkadaşın olduğunu biliyoruz. Evinden uzakta olduğunu tahmin ediyoruz. Neden bize geri kalanını anlatmıyorsun?"

Bunun üzerine Minli onlara Ma ve Ba'yı, çamurlu tarlalardaki çabalarını, Altın Balık Satan Adam'ı ve altın balığı anlattı. Uçamayan ejderhayla tanışmasından, maymunlardan ve Sığırı Olan Çocuk'tan bahsetti. Parlak Ay Işığı

Şehri'nin kralını ve Ödünç Çizgi'yi anlattı. Kısacası başından geçen her şeyi anlattı.

O konuşurken Da-A-Fu ve büyük anneleri gülerek onu dinliyorlardı. Bazen Amah başını iki yana sallarken bazen de Da-A-Fu şüpheli bir şekilde birbirlerine bakıyorlardı. Ama asla Minli'nin sözünü kesmediler.

"Yani tüm bunlar Doruklara Uzanan Dağ'a ulaşmak için mi?" diye sordu Da-Fu sonunda. "Biz onun nerede olduğunu biliyoruz."

"Biliyor musunuz?" diye atıldı Minli heyecanla doğrularak. "Gerçekten mi?"

"Evet. Doruklara Uzanan Dağ buraya çok yakın." dedi A-Fu. "Neredeyse bir günlük mesafede."

Minli onlara şaşkınlıkla baktı, tek kelime dahi konuşamadı. Bir günlük mesafe mi? Günlerce süren yolculuktan sonra bu kadar yakın olduğuna inanamıyordu.

"Ejderha arkadaşın iyileşir iyileşmez." dedi Amah ve devam etti. "Da-A-Fu seni oraya götürür. Ardından da ailenin yanına dönebilirsin."

Minli minnettarlıkla gülümsedi. A-Fu ve Da-Fu'nun huzurlu, yuvarlak ve pembe yanaklı yüzlerini sevgiyle büyük annelerine yaslamalarını ve onun da aynı içtenlikle ellerini torunlarının başına koymasını izlerken Ma ve Ba'yı düşündü. Güçlü bir özlem dalgası bedenine yayıldı ve boğazındaki kuruluğu sıcak çay bile yumuşatamadı.

37. BÖLÜM

Ertesi sabah, Da-Fu, Minli'yi sarsarak uyandırdı.

"Uyan bakalım uykucu!" dedi Minli'yi çekiştirerek. "Haydi gel! Sana bir şey göstermek istiyoruz."

"Evet!" diye onayladı A-Fu. "Acele et!"

Minli evden dışarı çıkıp çocukları takip etti. Dışarıda âdeta bir geçit töreni vardı. Çünkü tüm aile bireyleri evlerinden çıkıp onları takip ediyordu. Minli, daha önce Da-A-Fu'nun ailesinin bu kadar büyük olduğunu fark etmemişti. Kırmızı kapının arkasındaki teyzeler, amcalar, yeğenlerle dolu bu toprak; akrabalardan oluşan bir köydü. Minli açık kapıdan dışarı çıktı ve birden durup gülümsedi. Çünkü ejderha karşısındaydı!

Ejderha gayet güçlüydü, gülümsüyordu, dimdik oturmuştu ve dikkatliydi. Gözlerinde bulanıklık kalmamıştı, vücudundaki kokuşmuş siyahlıklar da gitmişti. Aslında kolundaki dört soluk izin dışında Yeşil Kaplan'la karşılaşmadan önceki hâlinden hiç farkı yoktu.

"İyileşmişsin!" diye bağırdı Minli, ejderhaya sarılırken.

"Tabii ki!" diye karşılık verdi ejderha mutlulukla gülümseyerek. "Ejderhaların çabuk iyileştiğini söylemiştim."

"Evet, bu doğru." diye onayladı hemen yanındaki A-Gong. "Zehri vücudundan attıktan sonra yaraları hızla iyileşti."

Minli, ejderhayı gördüğüne o kadar sevinmişti ki, Da-A-Fu'nun ailesinin neredeyse tamamının çevrelerini sardığını fark etmemişti.

Küçük bir erkek çocuğun, "Bir ejderha!" diye fısıldadığını duydu. "Gerçek bir ejderha."

Da-A-Fu, kuzenlerine, "Sana söylemiştik." diye karşılık verdiler. "Gördün mü?"

A-Gong herkesin duyabileceği kadar yüksek bir sesle, "Ejderha dostum ne yazık ki seni evimizde ağırlayamayacağımız kadar büyüksün." dedi.

"Sorun değil. Zaten en kısa zamanda gitmeliyiz." dedi Minli ve Da-A-Fu'ya dönüp, "Tabii hâlâ bize Doruklara Uzanan Dağ'ı gösterecekseniz..." dedi.

"Tabii ki." diye gülümsedi ikizler. "En kısa zamanda gitmelisiniz. Ne kadar çabuk giderseniz, ailene de o kadar çabuk kavuşursun. En iyisi bu." diye onayladı Amah.

Amah'ın sözlerini duyan A-Gong da ona katıldı. "O hâlde kahvaltı edelim. Ardından yeni arkadaşlarımızı yolcu ederiz."

Böylelikle her ne kadar taşlık alan soğuk ve rüzgârlı olsa da, tüm aile sıcak pirinç lapasından oluşan kahvaltılarını dışarı taşıdı. Kimse gerçek bir ejderhayı görme fırsatını kaçırmak istemiyordu.

Amah, Da-A-Fu'nun iki kuzeni tarafından ejderhanın hemen önüne taşınan tahta platformun üzerine dev bir demir demlik yerleştirdi. Demlikten dumanlar çıkıyordu ve ağzına kadar doluydu. Minli bunun iyileştirici çay olduğunu hatırladı. Teyzelerinden biri herkese yetecek kadar çay getirdi. Minli dikkatlice fincana uzandı, havaya karışan koku reddedilemeyecek kadar güzeldi.

"Bu içeceğe ilaç dememeliyiz." dedi amcalardan biri.

"Tadı çok güzel ve artık Yeşil Kaplan olmadığına göre, vücuttan atacağı bir zehir de yok."

"Belki de ona Kuyu Çayı demeliyiz." diye güldü A-Fu. "Ne de olsa Yeşil Kaplan kuyunun dibini boyladı."

"Hayır." dedi A-Gong. "Düşmanlarımızı değil, dostlarımızı hatırlamak istiyoruz."

"O hâlde Ejderha İyileştiren Çay demeliyiz." dedi Da-Fu. "Çünkü ejderhayı o iyileştirdi!"

Bu öneri tüm ailenin hoşuna gitti. Ejderhanın gözlerinde Minli'nin daha önce hiç görmediği bir sıcaklık vardı. Minli onun bu kadar ilgiye alışık olmadığını fark etti. Uzun yıllarını yalnız ve uçamayan bedeninin içinde hapis geçirmişti.

Çok geçmeden kahvaltı bitti. Minli, kralın ona verdiği sarı ipek çantaya eşyalarını koymaya başladığı sırada Amah da A-Fu ve Da-Fu'nun sırt çantalarını hazırladı. "Her ihtimale karşı." diyerek yapraklara sarılı pirinç ve haşlanmış tuzlu yumurtaları da çantalarına koydu. "Minli'yi Doruklara Uzanan Dağ'a götürün ve doğruca eve geri gelin."

A-Gong elini Minli'nin omzuna koydu ve, "Sen cesur bir kızsın Minli, hızlı ve zeki. Ancak çok uzun zamandır evinden uzak kalmışsın. Elinden geldiğince çabuk evine dön."

Amah, Minli'ye sarıldı ve ardından da Minli'yi sıcak tutacak bir ceket getirdi. "Bu senin için. Sen uyurken diktik. Giysilerin dağ havası için fazla ince." dedi.

Ceket çok renkliydi, birbirine dikilmiş iri yamalardan oluşuyordu. Bu yamaların bazıları koyu mavi, bazıları koyu eflatundu ve birkaç tane de parlak kırmızı yama vardı. Minli minnettarlıkla gülümsedi. Çok üşüyordu. Ancak bu insanlar ona zaten fazlasıyla yardım ettikleri için başka bir şey istemeye çekinmişti. Ceketi giyer giymez sıcaklığıyla sarmalandı. Kumaşı sıradan pamuklu gibi görünse de, Minli kendini kalın bir kürk giymiş gibi hissediyordu.

"Haydi, gidelim o hâlde!" dedi Da-Fu heyecanlı bir şekilde. İşte o an Minli kolundaki kumaşta büyük bir parçanın eksik olduğunu fark etti. Üzerindeki cekete baktığında eksik kırmızı parlak parçanın orada olduğunu gördü. Güçlükle nefes alıyordu.

"Hoşça kal!" Da-A-Fu'nun ailesi arkalarından el sallıyordu. Onlar el sallarken Minli her birinin giysilerinde eksik bir parça parça olduğunu fark etti. Ceketinin ailenin kendi giysilerinden kesilerek yapıldığını anladığı an vedası boğazında düğümlendi.

"Hadi." dedi A-Fu. "Acele et!"

"Evet." dedi ejderha. "İkizlerin en kısa zamanda köylerine dönebilmeleri için bir an önce gitmeliyiz."

Minli başıyla onayladı. Minnettarlıkla köye veda ederken ardında ona el sallayan yamalı giysi denizi vardı.

38. BÖLÜM

Minli ve ejderha, Da-A-Fu'yu sert zeminli dağlık alanda takip ederken, rüzgâr da şiddetle esiyordu. Ancak yolculuk o kadar da güç değildi. Ejderha büyük çukurlar olduğunda onları sırtında taşıyordu. Minli onunla seyahat etmenin ne kadar eğlenceli olduğunu unutmuştu. Ve ejderhaya binerken neşeli kahkahalar atan Da-A-Fu iki olgun meyveyi andırıyordu. Neşeleri, parlak kırmızı giysileri ve ejderhanın kendisiyle birlikte soğuk topraklar âdeta ısınıyordu. Minli ancak o zaman ellerini ceplerinden çıkardı ve havanın gerçekte ne kadar soğuk olduğunu hissedebildi.

Biraz daha yürüdükten sonra A-Fu, "Neredeyse geldik sayılır. Birazdan Doruklara Uzanan Dağ'ı görmemiz gerekiyor." dedi.

"Siz de daha önce Ay'ın Yaşlı Adamı'nı hiç görmediniz, değil mi?" diye sordu Minli. "Peki, onu gören kimse var mı?"

Da-A-Fu hayır anlamında başlarını iki yana salladılar. "Onu daha önce hiç kimse görmedi." dedi Da-Fu. "Tarihimizde ailemizden ya da köyümüzden onu gören kimse yok."

"Ancak yine de atalarımızı buraya getirenin o olduğunu biliyoruz." dedi A-Fu.

"Atalarınızı buraya Ay'ın Yaşlı Adamı mı getirmiş?" diye sordu Minli. "Nasıl?"

DA-A-FU'NUN ATALARININ MASALI

Her ne kadar atalarımız derebeyini mutlu etmek için ellerinden geleni yapsalar da, onu memnun etmeyi başaramadılar. Bir gün, komşulardan biri koşarak atalarımızın evine geldi.

"Şehirden geliyorum." dedi komşu güçlükle nefes alarak. "Sizi uyarmak için hızlı geldim. Derebeyi ona gönderdiğiniz cevabın bir kandırmaca olduğuna ve gerçek sırrı ondan sakladığınıza inanmış. Sizi cezalandırmak için buraya geliyor. Sizi ve ailenizi yok etmeyi planlıyor! Fırsat varken kaçın! Çok fazla zamanınız yok, askerleri yarın burada olacaklar!"

Atalarımız korkuyla ağlamaya başladı. Ailenin tamamı; birçok oğul, kız, teyze, amca, çocuklar ve torun korkmuşlardı. Ancak büyük büyük baba ve ailenin reisi olan Ye Ye herkesi susturmak için elini kaldırdı.

"Görülen o ki bir talihsizlik üzerimize doğru geliyor." dedi ve devam etti. "Ve yapabileceğimiz hiçbir şey yok. Kaçmayacağız. Askerler bizi kolaylıkla bulabilir ve derebeyi bize karşı çok daha acımasızca davranır. Ve ben birlikte geçireceğimiz son anlarımızı korkulu bir kaçış içinde harcamak istemiyorum."

Ye Ye mavi gökyüzüne ve evlerinin arkasındaki dağdan yansıyan güneşe baktı. Yaklaşmakta olan belayı hayal etmek oldukça güçtü. Çocuklara dönüp, "Çocuklar, gidip en sevdiğiniz uçurtmalarınızı alın." dedi. Ardından yetişkinlere döndü. "Oğullarım ve kızlarım, hepimize yetecek kadar çay ve yiyecekle elinizden gelen en güzel piknik yemeğini hazırlayın. Birlikte geçirebileceğimiz bu son zamanları boşa harcamayacağız. Zamanımızı her zamanki gibi mutluluk içinde geçireceğiz."

Aile, Ye Ye'nin bilge sözlerini onayladı. Hızlı bir şekilde söylediklerini yapmaya koyuldular. Büyük demliklerde en güzel kasımpatı çaylarını demlediler, sepetlerini altın kekler ve kremalı tartlarla doldurdular. Tavuklar haşlayıp, yumuşacık sıcak tavşan etleri ve yumurtalar hazırladılar. Böcek ve kelebek şeklindeki ışıl ışıl uçurtmalar saklandıkları yerden depolardan güneşe çıkartıldı.

Ye Ye görevlerini tamamlayan ailesine gülümsedi. Bir çantaya en sevdiği şiir, hikâye ve şarkı kitaplarını koydu. "Hadi birlikte dağa tırmanalım."

Böylece hep beraber, onları uğurlayan yaprakları arkalarında bırakarak yukarıya doğru tırmanmaya başladılar. Uçurtmaların ağaçlara takılmadan özgürce uçabileceği kadar yükseğe tırmandılar. Gökyüzüyle aralarında bir şey kalmadığı zaman durdular.

Ve gerçekten de harika zaman geçirdiler. Uçurtmalar rüzgârda dalgalandıkça çocuklar kahkahalar attı. Kadınlar çay koyarken gülümsedi ve erkekler de keyifle lezzetli yemekler yediler. Ye Ye, kadınların iç geçirmesine neden olan şiirler okudu, erkekleri merakla soluksuz bırakan hikâyeler anlattı. Ve çocukların neşe içinde oynamasını sağlayan şarkılar söyledi.

Ve yavaş yavaş akşam olmaya başladı. Çocuklara uçurtmaların iplerini sarmaları söylendiğinde Ay gökyüzünde yükselmeye başlamıştı bile.

"Neden uçurtmaları indiriyoruz?" diye sordu yaşça büyük bir erkek çocuk. "Zaten onlarla son kez oynuyoruz."

"Evet." diye karşılık verdi bir kız çocuğu. "İstedikleri kadar uçmalarına izin verelim."

Böylece uçurtmaları yere indirmek yerine iplerini kestiler. Uçurtmalar serbest kalınca gökyüzünden güçlü bir rüzgâr esti. Kelebekler ve ejderhalar evleri aya uçarmışçasına tek tek gözden kayboldu. Uçurtmaların gözden kaybolmasıyla birlikte hüzünlü bir sessizlik oldu. Kimse konuşmadı ancak hepsi ertesi gün yaşayacakları trajediden bir kaçış yolu bulmayı diledi.

Aile sessizce eşyalarını topladı ve dağdan aşağıya inmeye başladı. Çok uzun bir süre yürüdüler, bu yol o kadar uzun sürdü ki, ay tepelerine yükseldi ve soğuktan titremeye başladılar.

"Yolumuzu mu kaybettik?" diye sordu bir çocuk. "Bu eve giden yola benzemiyor."

Annesi, "Bu mümkün değil." dedi. "Nasıl kaybolabiliriz ki? Aşağıya giden yoldan başka bir yol yok."

"Çocuk doğru söylüyor." dedi Ye Ye. "Arkamızdaki şu kayaya bir bakın. Bu dağa defalarca tırmandık ama daha önce ne bu ne de diğerleri gibi bir kaya gördüm."

"Ayrıca hiç ağaç yok." dedi genç bir kız. "Her zaman tarafımızda ağaçlar olurdu, oysa şimdi daha çok kaya var."

"Hem daha da soğuk." dedi bir başkası. "Bir sonbahar akşamının ilk saatleri için fazla soğuk."

"Neler oluyor?" diye sordu bir kadın.

"Sanırım." dedi Ye Ye yavaşça. "Artık kendi dağımızda değiliz. Nasıl oldu bilmiyorum ama başka bir dağın üzerindeyiz."

"Bu nasıl mümkün olabilir?" diye sordu bir adam. "Ve neden?"

Ye Ye cevap vermek için ağzını açamadan çocuklardan biri bağırmaya başladı.

"Evimiz!" diye haykırdı kız çocuğu. "Evimiz işte orada!"

Ve evleri gerçekten de oradaydı! Koyu kırmızı kapılar sonuna kadar açılmıştı, evin camlarından yansıyan ışığı görmelerini sağlıyordu. Tavukları gıdaklayarak onları selamladı ve köpekleri de neşeli havlamalarla kapının önünde zıpladı.

Atalarımız buna inanamadı. Sabah bıraktıkları kirli demlikler ve tavalar hâlâ lavabodaydı. Birbirine karışmış ayakkabılar ve asılı çamaşırlar da aynı bıraktıkları yerdeydi. Ye Ye'nin açık bıraktığı kitabın sayfası bile değişmemişti. Ye Ye odadan odaya ve bir evden diğerine, onu takip eden akrabalarıyla birlikte dolaştı. Sonunda bahçe kapılarından birinin menteşesinde parlak ipek bir kumaş parçası buldu. Arkasında toplaşan aileye döndü.

"Bu bir mucize." dedi. "Buraya, derebeyinin ulaşamayacağı bu yere getirilmişiz. Kurtulduk!"

Aile sevinç çığlıkları attı, bir yandan da, "Nasıl? Bunu kim yaptı?" diye soruyorlardı.

Ye Ye çevresindeki boş araziye ve koyu mavi gökyüzündeki aya ve elindeki ipek parçasına baktı. "Bu ipek çocuklardan birinin uçurtmasından kopmuş. Uçurtmalar dileklerimizi Ay'ın Yaşlı Adamı'na götürmüş olmalı ve o da kaderimizin burada olduğuna karar verdi." Bunu söyleyen Ye Ye başını yukarı gökyüzüne doğru kaldırdı. "Çünkü bu gece bizimle sadece o var. Sadece biz ve ay varız."

"O günden beri ailen burada mı yaşıyor?" diye sordu ejderha.

İki çocuk da başlarıyla onayladılar. "Yüz yıldan fazla zamandır ailemiz burada, dağlarda yaşadı ve biz de büyüdük.

Bazen dağdan aşağıya ineriz, bazen de insanlar bizi ziyaret etmek için gelirler. Bizi ziyaret eden herkes buraya evim demekte özgürdür."

"Yani..." diye söze başladı Minli. Ancak Da-Fu'nun ufku işaret etmesiyle birlikte cümlesi yarım kaldı. Minli ve ejderha işaret ettiği yere baktıklarında sonunda ancak ve ancak Ay'ın Yaşlı Adamı'nın evi olabilecek heybetli Doruklara Uzanan Dağ'ı gördüler.

39. BÖLÜM

Doruklara Uzanan Dağ o kadar muazzam görünüyordu ki, Verimsiz Dağ yanında sıradan bir çakıl taşı gibi kalıyordu. Minli dağın ucunu ya da altını göremiyordu. Dağ o kadar derin bir vadiden yükseliyordu ki, tabanı dünyanın merkezine kadar iniyor olmalıydı. Minli onları Doruklara Uzanan Dağ'dan ayıran oldukça derin kanyona bakarken kendini dünyanın ucunda gibi hissetti. Dağ karşılarında gökyüzünü delen ve gümüş sisin içinde kaybolan yeşil bir taş gibiydi.

"İşte orada!" dedi Da-Fu. "Doruklara Uzanan Dağ!"

"Ay'ın Yaşlı Adamı'nın orada yaşadığına hiç şüphem yok." dedi A-Fu. "Dağın ucu aya ulaşıyor olmalı."

"Oraya nasıl çıkacağız?" diye sordu Minli. O kadar yükseğe bakmaktan başı dönmeye başlamıştı.

Ejderha sıkıntılı görünüyordu. "Eğer uçabilseydim, hepimizi yukarıya, Ay'ın Yaşlı Adamı'nı görmeye götürebilirdim."

"Eğer uçabilseydin onu görmen gerekmezdi." dedi A-Fu gülerek.

Minli, "Ama görünen o ki Ay'ın Yaşlı Adamı'nı görebilmenin tek yolu uçmak." dedi.

"Başka bir yolu daha olmalı." diye itiraz etti A-Fu.

"Evet." diye onayladı Da-Fu. "Sanırım Ay'ın Yaşlı Adamı'na yukarı gelmek istediğinizi bildirmen yeterli olacaktır."

"Peki, ama nasıl?" diye sordu ejderha. "Mesaj mı göndereceğiz?"

Ejderha ve Da-A-Fu konuşmaya devam ederken Minli gökyüzüne doğru baktı. *Bir mesaj göndermek, bir mesaj göndermek.* Ejderhanın sözleri Minli'nin kulaklarında yankılanıyor, kendini bir fener yakmak için kibrit arıyormuş gibi hissediyordu. Rüzgâr, sanki bir şeyler anlatmak istercesine kuvvetlice ona doğru esti. A-Fu'nun kurdelesinin uçuştuğunu gördü ve kurdelesini düzeltirken A-Fu'nun kolları bir uçurtmanın kuyruğu gibi âdeta kanat çırptı...

"Biliyorum." diye bağırdı Minli heyecanla. "Atalarınız gibi yapacağız!" Hemen yere diz çöktü ve çantasına uzanıp iki Ödünç Çizgi çıkardı. Minli kâğıdı ve ipi önüne yayarken ejderha ve çocuklar da onu merakla izliyorlardı.

"Ay'ın Yaşlı Adamı'na bir uçurtma yapacağız." diye açıkladı Minli. "Ödünç İp'ten ve kâğıttan bir uçurtma yapacağım, bu onun dikkatini çekecektir."

Da-A-Fu ve ejderha sırıttı ve hep birlikte ödünç eşyalardan bir uçurtma yaptılar. Kader Kitabı'nın sayfasını Minli'nin yemek çubuklarına bağlayıp kırmızı ipliği de uçurtmanın ucuna iliştirdiler. Ancak ipliği düzeltmek istediklerinde -A-Fu ipliğin ucunun sarkmamasının daha iyi olacağını düşünmüştü- ödünç ipliğin koparılamadığını fark ettiler.

Ejderha bir kez daha ipliği pençesiyle koparmayı denedikten sonra, "Bu kaderin ipliği." dedi. Her biri ipliği koparmayı denemişti, Da-Fu dişlerini bile kullanmıştı. "Kopmaması hiç de mantıksız değil."

"Pekâlâ, uçurtmayı yapmak için ucunu düzeltmek zorunda değiliz." dedi Minli. "Ama aksi hâlde uçurtmayı aya doğru uçurmayacağız."

"İplik bitene kadar uçur." dedi Da-Fu. "Sonra da bırak."

Minli öneriyi kabul etti. Kulağa mantıklı geliyordu.

Ancak ipliğe baktıklarında Minli şaşkınlıkla, "İplik çok yükseğe çıkmasına yetecek kadar uzun değil, yine de bitecek." dedi.

"Uçması için yeterince uzun olduğunu umalım." diye karşılık verdi A-Fu.

Böylece Da-Fu'yla birlikte koşarak uçurtmayı uçurtmaya başladılar. Uçurtma yükseldikçe Minli elindeki ipliği izledi. İplik durmaksızın çözülüyordu. Uçurtma gökyüzünde küçücük bir nokta hâline geldiğinde bile, iplik çözülmeye devam etti. Uçurtma sonunda hafif bir kırmızıyla kararmakta olan gökyüzünde gözden kayboldu.

"Bu sihirli bir iplik." dedi Da-Fu büyülenmiş gibi.

"Tabii ki öyle." diye karşılık verdi ejderha birden. "Bu kaderin ipliği. Eğer Ay'ın Yaşlı Adamı'nı görmek kaderimizde varsa, iplik ona ulaşmak için uzayacaktır."

"O hâlde onunla buluşmak kaderinizde var." dedi A-Fu etkilenmiş bir şekilde. Yine de kararmakta olan gökyüzüne bakınca suratını astı. "Ama bizim kaderimizde yok. Da-Fu, eve geri dönmeliyiz. Uzun süredir evden uzaktayız. Yeşil Kaplan olayından sonra Amah ve A-Gong'u daha fazla endişelendirmemeliyiz."

"Ay'ın Yaşlı Adamı'na sormak istediğiniz bir şey yok mu?" diye sordu Minli. "Kaderinizi değiştirebilirsiniz."

"Hayır." diye karşılık verdi Da-A-Fu gülerek. "Neden kaderimizi değiştirmek isteyelim ki?"

Çocuklar dağdan aşağıya doğru koşarken kahkahaları da havaya karışıyordu. Minli'nin kafası karışmıştı, ama yine de arkalarından el salladı. Onlar evlerine doğru dans ederek yol alan gölgelerc dönüşürlerken Minli uzakta yolunu bekleyen Ma ve Ba'yı düşündü.

Hava kararmaya başlayınca, Minli ve ejderha sessizce göklere ulaşan kırmızı ipliği seyrettiler. Ancak gökyüzü simsiyah olup ay yükseldiğinde, Minli iplikte ani bir hareket hissetti. İplik gerilmeye ve titremeye başlamıştı.

"Bir şeyler oluyor!" diye bağırdı.

"Uçurtmayı geri çek!" diye karşılık verdi ejderha. "Hemen geri çek!"

"Bir şey farklı gibi!" dedi Minli çekmeye çalışırken. "Sanki daha ağır."

Ejderha, uzanıp ipliği tuttu ve birlikte çekmeye başladılar. Onlar ipliği çektikçe Minli, Ay'ın da aşağı doğru çekip çekmediklerini merak ediyordu.

Ama ipliğin sonu gelmiyordu. Çektikçe iplik daha çok kalınlaşıyor gibiydi. Ve iplik Minli'nin parmağı kadar kalınlaştığında tahta rüzgâr çanlarını andıran tuhaf bir takırdama duymaya başladılar.

Ejderha bir yandan asılmaya devam ederken diğer yandan soluk soluğa, "İpliğe bir şey olmuş mu?" diye sordu.

Ve gerçekten de ipliğe bir şey olmuştu. Artık kalın bir hâlâtı andıran iplik, kendini bambu çubuklarla sabitlediği ilginç bir ağa dönüşmüştü. Âdeta sonsuza uzanan tuhaf U şekli karşılarında belirdiğinde Minli güçlükle nefes alıyordu.

"İplik..." diye kekeledi Minli nefes nefese. "Bir köprü olmuş!"

40. BÖLÜM

Yıldızlar mavi gökyüzünde âdeta delikler açmış gibi parıldamaya başlarken Ma camın hemen yanında dikiliyordu. Minli olmadan günler yavaş, geceler ise çok daha yavaş geçiyordu. Ma altın balığın kavanozunda nasıl sessiz kalabildiğini merak etti. Çünkü kendisini güçlükle nefes alabiliyormuş gibi hissediyordu. Gecenin serin havası yüzünü okşadıkça aklına Minli geliyordu, dudağını ısırdı ve iç geçirdi. Gözlerinin dolmamasını dileyerek sımsıkı kapattı. Gözlerini açtığında Ba hemen yanında duruyordu.

"Biliyorum." dedi Ba ve elini onunkinin üzerine koydu.

"Beklemek çok zor." dedi Ma.

"Evet." diye karşılık verdi Ba. "İnciden bir işaret bekleyen ejderha gibiyiz."

"İşaret bekleyen ejderha mı?" diye sordu Ma.

"Ah, önemli değil. Sadece bir masal." dedi Ba.

Âdeta bir şifacının dokunuşu gibi hafif bir rüzgâr esti. "Rüzgârı dinlememin bir sakıncası yok." dedi Ma. "Zamanın daha çabuk geçmesini bile sağlayabilir."

Ba ona şaşkınlıkla baktı ve daha sonra hafif bir tebessümle onayladı.

EJDERHA İNCİSİ'NİN MASALI

Bir gün bir ejderha büyük, beyaz, okyanus ve rüzgârın etkisiyle şekillenmiş yuvarlak bir taş buldu. Ejderha taşa hayranlıkla bakarken taş parlamaya başladı. Ne kadar güzel, diye düşündü ejderha. Bunu bir inciye dönüştüreceğim.

Böylece günlerce, aylarca ve uzun yıllar boyunca ejderha yemek yemeden ve uyumadan taşı pençeleriyle yonttu ve pürüzsüz hâle getirdi. Onu bulutlara taşıyıp yağmur damlalarında yuvarladı ve Gök Nehri'nde yıkadı. Taşı renkli kasımpatı yapraklarıyla cilaladı. Ve sonunda ondan pürüzsüz, yuvarlak ve berrak bir inci yaptı. Kusursuz ve muhteşemdi. Ejderha taşa bakarken bir damla gözyaşı incinin üzerine düştü. Gözyaşının inciyle bütünleşmesinin ardından inci göz kamaştırıcı bir parlaklıkla ışıldamaya başladı. Ejderha memnuniyetle gülümsedi. Yorgunluktan bitap bir hâlde incinin ışığında uyuyakaldı.

Ama inci parıldamaya devam etti. Işık o kadar güzeldi ki, Kraliçe Anne'nin bile dikkatini çekti. Kraliçe Anne ışığın, ejderhanın harikulade incisinden geldiğini anlayınca, onu çalmaları için iki hizmetçisini gönderdi. İki hizmetçi bu görevi kolaylıkla başarmıştı. Çünkü uzun yılların verdiği yorgunlukla ejderha derin bir uykuya dalmıştı.

Kraliçe Anne bile inciyi eline aldığında güzelliğinden büyülendi. Ne göklerde, ne de dünyadaki hiçbir inci, mücevher ya da hazine bu inciyle kıyaslanamazdı. Hemen krallığının en derin yerine ancak dokuz kilitli kapıdan geçilerek ulaşılabilecek bir mahzen yaptırdı. İnciyi mahzene koydu ve dokuz kapının anahtarını da beline bağladı.

Ejderha uyanıp da incisinin yanında olmadığını gördüğünde çılgına döndü. Okyanusları, dağları, nehirleri ve vadileri aradı. Gök Nehri'nin üzerinden uçarak, her bir yıldıza baktı. Ama hiçbirinin ışığı ona parlak incisini vermedi.

Ejderha sonunda aramayı bırakmak zorunda kaldı. Nereye bakması gerektiğine ya da incinin nerede olabileceğine dair hiçbir fikri yoktu. Yine de onu bir gün bulacağına dair umudunu hiç kaybetmedi. Aksine bir işaret için beklemeye devam etti.

Ve bu bekleyişi boşa çıkmadı. Kraliçe Anne doğum gününde büyük bir kutlama yaptı. Göklerin tüm ölümsüz varlıklarını çağırdığı bu kutlamada bir "Şeftali Şöleni" verdi. Şölen ölümsüzlük şeftalileriyle hazırlanmış zengin ve lezzetli yiyeceklerden oluşuyordu. Her bir yemekle birlikte güzel kokulu ve kudretli şeftali şarapları ikram ediliyordu. Kraliçe Anne ne zaman kadehi boşalsa bir yenisini istiyordu.

Böylece konukları onu iltifatlara, övgülere ve güzel hediyelere boğduklarında; Kraliçe Anne düşünmeden çalıntı hazinesiyle gösteriş yapmaya kalkıştı. "Sevgili dostlarım." dedi hevesle. "Hediyeleriniz ve sözleriniz çok güzel, ama benim elimde hepsinden çok daha parlak bir şey var."

Ve dokuz anahtarı çıkarıp, dokuz kapıyı açtı ve ejderhanın incisini getirdi. İnci saraydan ta göklere taşan bir ışıkla parlayınca partiyi derin bir sessizlik kapladı.

Işığın gökyüzüne dağılmasıyla, temkinli bir şekilde bekleyen ejderha başını kaldırdı. "Benim incim!" dedi ve ışığa doğru olabildiğince hızla uçtu.

Ejderha, Kraliçe Anne'nin sarayına vardığında incisinin, hayranlıkla onu seyreden ölümsüzlerin arasında gururla gösteriş yapmakta olan Kraliçe Anne'nin elinde olduğunu gördü. "O benim incim!" diye bağırdı. "Onu bana geri ver!"

Kraliçe Anne öfkelendi. "Bu benim incim!" diye buyurdu. "Ne cüretle istersin!"

"O benim!" dedi ejderha bir kez daha kraliçenin kızaran yanaklarına ve alev saçan gözlerine bakarak. "Benden çaldın, öyle değil mi?"

"Benim bir şey çalmaya ihtiyacım yok." diye karşılık verdi Kraliçe Anne haykırarak. "Ben Kraliçe Anne'yim. Yer ve gökte yapılan tüm mücevherler bana aittir!"

"O mücevheri ne yer ne de gök yaptı!" dedi ejderha ve devam etti. "Yıllar süren çaba ve çalışmayla ben yaptım! O benim!"

Kraliçe Anne paniklemeye başladı ve inciye sıkı sıkı sarılıp sarayın dışındaki bahçeye koştu. İnciyi bir daha kaybetmek istemeyen ejderha da onu takip etti. Partinin konukları da arkalarından geldiler. O kadar büyük bir heyecan ve karmaşa yarattılar ki, Göklerin Büyük Babası (Kızının gösterişli partilerine katılmaktan kaçınırdı.) çalışma odasından çıkıp neler olduğuna bakmaya karar verdi. Heyecan ve korkuyla bahçeye doğru koşan Kraliçe Anne, büyük bir kovalamacaya neden olmuştu. Bahçenin duvarına ulaştığı sırada arkasını dönüp baktı ve onu sadece ejderhanın değil, partiye gelen konukların ve babasının da takip ettiğini gördü. Ona yetiştiklerini anlayınca Kraliçe Anne dehşet içinde inciyi duvarın diğer tarafına fırlattı.

Ejderha acıyla kükredi. Hepsi birden koşup incinin Gök Nehri'nin derinliklerinde kayboluşunu seyrettiler. İnci gökle dünyayı birbirinden ayıran derin mavi suda daha da büyüdü ve daha göz alıcı bir şekilde parlamaya başladı.

Ejderha nehire dalıp incinin peşinden gitmek üzereyken Göklerin Büyük Babası onu durdurdu. "Bırak orada kalsın. Ve her ikiniz de utanmalısınız. İnci tek bir kişiye ait olmamalı. İncinin ait olduğu yerin burası olduğunu görmüyor musunuz?

Göklerde ve dünyadaki herkesin onun güzelliğini görüp mutlu olabileceği yere ait olduğunu..."

Ejderha ve Kraliçe Anne söylenenleri alçak gönüllülükle kabul ettiler. Ve konuklar Göklerin Büyük Babası'nın bilgeliğini takdir etti. Böylece o günden sonra dünyadaki insanlar gökyüzüne baktıklarında ay üzerlerinde parıldadı.

Ba masalı bitirdikten sonra huzur veren bir sessizlik oldu. Sonunda Ma hafifçe iç geçirdi ve gülümsedi. "Minli burada olsaydı, sana bu masalın doğru olup olmadığını sorardı."

"Ve sen de ona büyük olasılıkla öyle olmadığını söylerdin." dedi Ba. "Ben küçük bir çocukken, bir kez ejderha incisini gördüğümü hatırlıyorum. İmparatorun kendisi tarafından taşınıyor, yüzlerce adam tarafından korunuyordu. Ve ay hâlâ gökyüzündeydi."

Balık, "Okyanusta birden fazla inci var." dedi. "Tabii ki birden fazla ejderha incisi olacak. Ama ay içlerinde en büyük olandır."

Ba dikkatle önce balığa sonra da Ma'ya baktı, ama her ikisi de birbirinden habersiz ve ilgisiz görünüyorlardı.

"Bunu duyduğumu hatırlıyorum." dedi Ma. "O inci imparatorun tüm servetiyle aynı değerde. Tek bir inci. Sanırım bir ejderhaya ait olabilirdi."

Ma, bunları söylerken içinde en ufak bir kıskançlık yoktu. Ay ışığı onu değiştirmiş gibiydi. Yılların karamsarlığını ve yokluğunu üzerinden alıp onu bir durgunlukla baş başa bırakıyordu. Bu Ba'yı hiç beklemediği, yıllardır hissetmediği bir şekilde etkilemişti. İçi büyük bir sevecenlikle doldu.

Ama Ma dalgın bir şekilde camdan dışarıya bakmaya devam etti. Ba'nın düşüncelerinden bir haberdi, tıpkı balığın sözlerinden olduğu gibi.

41. BÖLÜM

"Bu Doruklara Uzanan Dağ'ın zirvesine giden bir köprü olmalı." dedi ejderha. "Ve tabii ki Ay'ın Yaşlı Adamı'na."

Minli ve ejderha bambu çubuklar sayesinde köprünün onlardan yana olan ucunu yere sabitlemişlerdi. Gecenin karanlığına doğru uzanan köprü ay ışığında titriyordu.

Minli gökyüzünde narin kırmızı bir örümcek ağı gibi uzanan dev köprüye baktı. "Senin bu köprüyü geçebileceğini pek sanmıyorum." dedi.

Ejderha da U şeklindeki köprüye ve narin iplerine bakarak, "Üzerine sığamam." dedi ve konuşmaya devam etti. "Ayrıca beni taşıyabileceğini de hiç sanmıyorum."

"Şey, belki iplik gibi o da sihirlidir." dedi Minli.

Ejderha bir ayağını ipten köprünün üzerine koydu. Ama ağırlığını hissetmesiyle birlikte köprü gıcırdadı ve bambu çubuklar kopmaya başladı. Ejderha hızla geri adım attı.

"Sanırım." dedi ejderha yavaşça. "Ay'ın Yaşlı Adamı'nı görmek benim kaderimde yok."

Minli, ejderhanın üzgün gözlerine baktı, yüzünde yılların verdiği mutsuzluk ve hayal kırıklığını görebiliyordu. Onu bu hayal kırıklığına taşıyan uzun yolculuklarını düşününce biriken yaşlar âdeta gözlerini yaktı.

"Keşke uçabilseydim." dedi ejderha umutsuzca.

"Uçacaksın." diye karşılık verdi Minli ve gözlerini kırpıştırarak gözyaşlarının akmasını engelledi. "Köprü benim için yeterince büyük ve güçlü. Ay'ın Yaşlı Adamı'na senin sorunu sorup geri döneceğim."

Ejderhanın yüzü umutla aydınlandı. "Gerçekten mi?" diye sordu. "Bunu gerçekten yapacak mısın?"

Minli, onu başıyla onayladı. "Seni burada bekleyeceğim." dedi ejderha.

"Sen dönene dek kıpırdamayacağım. Bana cevabını söylediğinde uçarak seni evine ve ailene götüreceğim."

"O hâlde yola çıksam iyi olacak." dedi Minli. Ama sonsuzluğa uzanıyormuş gibi görünen köprüye bakınca yüzündeki gülümsemesi dondu.

"Seni burada bekleyeceğim." diye tekrarladı ejderha.

Minli yine başıyla onayladı ve derin bir nefes aldı. Ardından dengesini koruyabilmek için ipin her iki yanına tutunarak dikkatli bir şekilde köprüye çıkıp yukarı doğru yürümeye başladı.

42. BÖLÜM

Minli kırmızı ipten köprünün üzerinde yürüdüğü sırada etraf oldukça sessizdi. Duyabildiği yegâne ses kendi nefes alışverişleri ve hızla atmakta olan kalbiydi. Ejderha ve yeryüzü gözden kaybolduktan sonra, Minli çevresindeki karanlıktan başka bir şey görmez olmuştu. Çok sınırlı bir görüşe sahip olduğu için ne kadar yürüdüğünü ya da daha ne kadar yolu kaldığını kestiremiyordu. Köprü hiç bitmeyecek gibiydi. Minli saatler mi yoksa günlerdir mi yürüdüğünü merak ediyordu.

Etraf yavaş yavaş, aydınlanmaya başladı. Attığı her adımla çevresi daha da aydınlanıyordu. Ve bu aydınlanmayla Minli aşağısında kalan gökyüzünün bir şekilde dev bir saf su gölüne ve gece bulutlarının da yüzen zambaklara dönüştüğünü gördü. Ve biraz uzağında kıyıda parlayan bir duvar vardı. Duvar düzgün ve krem rengiydi, sanki inciden yapılmıştı. Duvarın sonu yok gibiydi, Minli nerede başlayıp nerede bittiğini göremiyordu.

Oysa Minli yaklaşınca duvarda yuvarlak bir giriş kapısı olduğunu fark etti. Ve yuvarlak geçidin içinde beyaz bir tavşan yeşim taşından bir heykel gibi duruyordu. Minli köprüden indiği an tavşan ona doğru döndü ve böylelikle Minli, onun canlı olduğunu fark etti.

"Hoş geldin." dedi tavşan. "Biraz geç kaldın. Maymunlarla sorun yaşadın mı?"

Minli konuşamayacak kadar şaşkındı. Bu tavşan aynı mavi pirinç kâsesinin üzerindeki tavşanı andırıyordu. Minli ağzı açık bir şekilde ancak başını sallayarak karşılık verebildi.

"Pekâlâ, hadi gidelim." dedi tavşan. "Ay'ın Yaşlı Adamı'yla işini çok çabuk bitirmelisin. O çok meşguldür ve gereksiz konuşmalardan nefret eder."

Yuvarlak geçitten geçip beyaz bir avluya çıktılar ve cilalı taş köprünün üzerinden geçerek Minli, tavşanı takip etti. Köprüyü geçerlerken Minli suyun hafifçe kıpırdandığını gördü ve davulu andıran zayıf bir ses duydu. Hemen ileride, güzel manzaranın ötesinde Minli ağaç kesen bir siluet fark etti, davulu andıran sesi çıkaran adamın baltasıydı. Baltasını vurdukça ağacın dalları sallanıyor; yapraklar, çiçekler ve tohumlar havada süzülüp yağmur damlaları gibi suya düşüyordu.

"Ay'ın Yaşlı Adamı bu mu?" diye sordu Minli.

"O mu?" dedi Minli'nin bakışlarını takip eden tavşan. "Ah, o mu? O Wu Kang."

"Neden o ağacı kesiyor?" diye sordu bu kez de Minli. Doruklara Uzanan Dağ'ın üzerindeki yegâne ağacın kesilmesi ona utanç verici bir durum gibi gözükmüştü.

"Sorular, sorular..." dedi tavşan. "Ay'ın Yaşlı Adamı'na sorman için beklemeni sağlamalıyım aslında, ama yine de bilmek istersen Wu Kang her gece o ağacı kesmeye çalışır."

Minli kendisine engel olamadı. "Her gece mi?"

"Evet." dedi tavşan.

WU KANG MASALI

Herkes Wu Kang'ın çok şanslı olduğunu düşünürdü. Karısı çok güzeldi, çocukları sağlıklıydı ve hep birlikte köyde, çiftlikteki kulübede yaşarlardı. Anne babası ve büyük ağabeyi de onlarla birlikte yaşıyordu ve komşuları da sadık dostlardı. Ancak Wu Kang hep daha fazlasını istedi. Böylece ekinleri gelişip büyüdüğünde, çiftçiliğin onu yeterince tatmin etmediğine karar verdi. Bereketli ürünlerini topladığı gün, dostlarına köyü bırakıp kasabaya taşınacağını söyledi.

"Neden?" diye sordu dostları.

"Daha fazla istiyorum." dedi Wu Kang.

"Ama burada hep birlikte çok mutluyuz." diye itiraz etti dostları.

"Yeterli değil." dedi Wu Kang.

Ve bir gün eşyalarını topladı; kulübeyi, çiftliği ve topraklarını sattı. Ardından karısı, çocukları, anne babası ve ağabeyiyle birlikte kasabaya taşındı. Küçük evde yaşam güçtü ve ev onlar için çok küçüktü. Yine de Wu Kang bir mobilya ustasına çırak oldu ve ailesi de yeni yaşamlarına uyum sağlamaya başladı. Ancak kayın ağacından bir sandalye yapabilmeyi başardığı gün, işini bıraktı ve şehre taşınmaya karar verdi.

"Neden?" diye sordu ebeveyni.

"Daha fazla istiyorum." dedi Wu Kang.

"Ama burada hep birlikte mutluyuz." diye itiraz etti anne ve babası.

"Yeterli değil." dedi Wu Kang.

Böylelikle karısı ve çocuklarını yanına alıp ebeveynini ve ağabeyini geride bırakan Wu Kang aradığını bulmak için şehre taşındı. Yeni evleri topraktan yapılmış, diğer evlerin arasına sıkışmış pis bir sokaktaki küçük bir kulübeydi. Kasabadaki rahat evleriyle ya da çiftlikteki huzurlu kulübeyle kıyaslanamazdı. Yine de karısı ve çocukları şehirdeki yeni yaşamlarına uyum sağladılar ve Wu Kang aradığını bulmak için uğraşmaya devam etti. Yine de hiçbir şey onun için yeterli gelmiyordu.

Abaküs yapımında ustalaştıktan sonra Wu Kang pazarcı olma eğitimini bırakmaya karar verdi. Boya fırçasını nasıl tutacağını öğrendikten sonra idari görevli pozisyonunu bıraktı. Wu Kang hep daha fazlasını istiyordu.

"Belki de bir ölümsüz olmayı denemelisin." dedi küçük oğlu bir gün. "Bundan daha çok isteyeceğin bir şey olamaz."

"Sanırım, belki de sen haklısın." dedi Wu Kang.

Böylece Wu Kang küçük bir çanta hazırlayıp karısını ve çocuklarını terk ederek yanında çalışabilmek için bir ölümsüz aramaya gitti. Kalbi kırılmış eşi, Wu Kang kapıdan çıkarken ona yalvardı.

"Lütfen gitme. Burada hep birlikte mutluyuz." dedi.

"Benim için yeterli değil." dedi Wu Kang.

Wu Kang araştırdı ve çok uzaklara gitti. Bir gece Ay'ın Yaşlı Adamı'nı buldu. "İşte sonunda... Bir ölümsüz! Efendim, bana öğretecek misiniz?" dedi.

Ay'ın Yaşlı Adamı, onu reddetti ancak Wu Kang ısrar etti ve yalvardı. Sonunda Yaşlı Adam istemeyerek de olsa onun isteğini kabul etti ve Wu Kang'ı Doruklara Uzanan Dağ'a getirdi.

Ve Ay'ın Yaşlı Adam'ı Wu Kang'a sıradan insanların hayran kalacağı bilgiler öğretmeye başladı. Yine de Wu Kang, doğası gereği umursamamış ve daha fazlasını istemişti. Yaşlı adam, ona yıldız denizinin üzerinden, gece kuşlarının oluşturduğu köprüyle yolculuk yapan torunları dokuma tanrıçalarından nasıl kırmızı iplik elde edileceğini gösterdiğinde Wu Kang onları izledi. Ancak üç gün sonra yine memnuniyetsiz bir hâl almıştı. "Efendim, bana öğretebileceğiniz başka bir şey olmalı." dedi.

Ardından Yaşlı Adam, Wu Kang'a aydan aldığı ince bir sapla kaderin ipliklerini bağlamayı ve düğümlerle sağlamlaştırmayı öğretti. Wu Kang çalıştı, tekrarladı ancak iki gün geçmeden yeniden şikâyet etmeye başladı. "Efendim, bana öğretebileceğiniz daha fazla şey olduğunu biliyorum."

Bu kez Yaşlı Adam, Kader Kitabı'nı çıkardı ve Wu Kang'a metinleri okumayı öğretmeye başladı. Bir gün sonra Wu Kang yoruldu ve, "Bundan daha fazlası olmalı!" dedi.

Bunu duyan Yaşlı Adam, kitabı hızla kapadı ve, "Evet." diyerek onu onayladı. "Var."

Ve tek kelime etmeden Wu Kang'ı Doruklara Uzanan Dağ'ın çorak bir alanına götürdü. Yaşlı Adam bastonuyla yere vurdu ve kayaların arasından gümüş bir ağaç yeşerdi. Wu Kang şaşkınlıkla bakarken Yaşlı Adam, Wu Kang'la ağacın arasına bir kader ipliği bağladı.

"Sana öğretebileceğim tek şey." dedi yaşlı adam, Wu Kang'a baltayı verirken, "Kanaatkârlık ve sabırdı. Ancak bu ağacı kestiğin zaman bu dersleri aldığından emin olacağım."

Wu Kang omuz silkti ve kendinden emin bir şekilde baltayla ağaca vurmaya başladı. Her darbeyle ağacın yeniden büyüdüğünü ve her esintinin ağacın tohumlarını Gök Nehri'ne savurduğunu fark etmiyordu bile.

Bunun için Wu Kang her gece ağacı kesmeye çalışır. Kaderin ipliğiyle ona bağlı olduğu için de bırakamaz. Kaderi bu şekilde kanaatkârlığı ve sabrı öğrenmek.

Minli tavşan masalı bitirdikten sonra arkasından sessizce yürüdü. Bir süre daha sadece suya düşen tohumların sesleri duyuldu.

O tohumlar, diye düşündü Minli kendi kendine. Onlar gerçekten de gökyüzünden dünyaya düşüyorlar. Onlar Ay Nehri Köyü'ne yağan tohumlar! Tuhaf ay yağmuruna sebep olan şey Wu Kang'ın ağacı kesmeye çalışması. Çiçekli ağaçlar Doruklara Uzanan Dağ'daki ağacın tohumlarından yetişiyor...

Ancak tam o sırada Minli'nin düşünceleri aniden duran tavşan yüzünden bölündü.

"İşte orada." dedi tavşan ve yuvarlak girişi işaret etti. "İşte Ay'ın Yaşlı Adamı."

43. BÖLÜM

Minli duvarlarla çevrili avluya bir adım attı ancak birden durdu. Yeri kaplayan sayısız kırmızı iplik karmaşık bir danteli andırıyordu. Kırmızı iplerin ucunda her biri en fazla bir parmak büyüklüğünde binlerce kilden figür vardı. Ve bu figürlerin tam ortasında bir örümcek gibi Ay'ın Yaşlı Adamı oturuyordu.

Bağdaş kurmuştu ve kucağında dev bir kitap vardı. Başını elindeki iki kil figüre doğru eğmişti, bu yüzden Minli sadece yaşlı adamın başının tepesini görebildi. Ancak narin ve kırışık elleriyle becerikli bir şekilde kucağındaki figürleri kırmızı bir iplikle bağladığını görebiliyordu. Hemen yanında içi kırmızı ipliklerle dolu mavi ipekten bir çanta vardı. Minli çantayı gördüğü an vücudunu bir şok dalgası sardı. Bu çantayı daha önce de görmüştü! Koyu mavi ipek, gümüş nakışlı... Bu Sığırı Olan Çocuk'un arkadaşının taşıdığı çantaydı. O bir Dokuma Tanrıçası! Minli anlamıştı. Ay'ın Yaşlı Adamı için kırmızı iplikleri dokuyor. Onun farklı olduğunu biliyordum. Kralı nasıl bulacağımı bilmesine şaşırmamalı.

Ay'ın Yaşlı Adam'ı eğik, kıvrımlı bastonuna ulaşmak için uzandı ve onu yere vurdu. Kil figürler sessizce kucağından havalanıp uçtu ve avlunun karşı tarafına kondular. Yaşlı adamın ipliği onları hâlâ birbirlerine bağlıyordu ve kırmızı çizgi etrafı saran diğerlerinin arasında yerini aldı.

Minli, ona baktığı sırada Yaşlı Adam'la göz göze geldiler. Gümüş renkteki sakalı âdeta parlayan bir şelale gibi aşağı doğru akıyor ve giysilerinin katlarında kayboluyordu. Ve koyu renk gözleri gecenin karanlığında gökyüzünü andırıyordu.

"Ah." dedi Yaşlı Adam. "Demek sensin."

Minli, onu başıyla onayladı ve saygıyla selamladı. Yere diz çökebilirdi ama hemen ayaklarının dibindeki kilden figürlere zarar vermekten korktu.

"Peki, gel bakalım o zaman." dedi Yaşlı Adam sabırsızca ve bastonunu bir kez daha yere vurdu. Kuşun kanat çırpmasını andıran bir sesle figürler hareket etti ve Minli'ye yol verdiler.

"Bana sormak istediğin bir sorun olduğunu biliyorum." dedi Yaşlı Adam.

"Her doksan dokuz yılda bir, biri soru sormak için buraya gelir. Ama ben sadece tek bir soruya cevap verebilirim. Bu nedenle sorunu çok dikkatli seç."

Tek bir soru mu? Minli çok şaşırdı. Eğer sadece tek bir soru sormaya izni varsa, ejderhanın sorusunu soramazdı! Tabii... Kendi sorusunu sormazsa!..

Minli kendini havasız kalan bir balık gibi hissetti. Şimdi ne yapacaktı? Pirinç tarlasındaki zorlu çalışmaların anıları, babasının bitkin elleri, yemek kâselerindeki sade pirinç ve annesinin iç çekişleri nehirden sıçrayan dalgalar gibi aklından geçti. Kaderini değiştirmek zorundaydı, bunu nasıl yapabileceğini sormalıydı.

Ama Minli onu sabırla bekleyen ejderhayı düşündüğünde ne yapacağını bilemedi. Ve ejderhanın hayali Wu Kang'ın ağacından dökülen tohumlar gibi üzerine döküldü. Maymunları geçerkenki kahkahaları, ejderhanın ormanda yürürken verdiği tuhaf savaş, Yeşil Kaplan'ı havaya fırlatırkenki kükremesi, Minli ağladığında elini nazikçe omzuna koyması ve ondan ayrılırken gözlerinde gördüğü umutlu bakış aklına geldi. Ejderha benim arkadaşım, dedi Minli kendi kendine. O hâlde ne yapmalıyım?

Minli'nin düşünceleri zihninde kaynamakta olan pirinç tenceresi gibi fokurdamaya başlamıştı. Her adımda kalbi daha hızlı atıyordu ve Minli çıkan sesin Wu Kang'ın baltasından mı yoksa kendi kalbinden mi geldiğinden artık emin değildi. Kil figürlerin yanından geçerken Altın Balık Satan Adam'ın, Sığırı Olan Çocuk'un, kralın, Da-A-Fu'nun onu sessizce izlediklerini düşündü. Minli'nin ayakları onun yavaşlama çabasını dinlemiyor gibiydiler. Uçurtmanın yukarı çekilmesi gibi o da Ay'ın Yaşlı Adamı'na doğru çekildiğini hissediyordu. Hangi soruyu soracağına karar veremeden Minli onunla yüz yüze geldi.

Ay'ın Yaşlı Adamı, Minli'ye beklentiyle baktı, koyu renkli gözleri karanlık gece kadar anlaşılmazdı. Minli kucağındaki açık kitaba baktı. Kralın ödünç satırının bulunduğu sayfayı hatırladı. Onu uçurtmaya çevirmek için açtığı delikler hâlâ yerlerinde duruyordu. Oysa şimdi kâğıt kitaba görünmez bir şekilde yeniden yapışmıştı, yara izini andıran küçük bir çizginin dışında kitaptan hiç koparılmamış gibi duruyordu.

Ve üzerindeki harfler yine değişmişti. Bütün bir sayfaya tekrar tekrar aynı sözcük yazılmıştı. Minli sayfaya baktığında ilk kez yazılanı ya da gerçekte yazan sözcüğü okuyabildiğini fark etti. Çünkü satırlar sadece tek bir sözcükten ibaretti, tekrar tekrar aynı sözcük yazılmıştı. Ve o sözcük de "minnettarlık" idi.

Ve birden Minli, bulutlar çekildiğinde ortaya çıkan ay ışığı gibi net ve parlak bir şekilde ne soracağına karar vermişti.

"Köprüde bekleyen bir ejderha var." dedi.

"Neden uçamıyor?"

44. BÖLÜM

Ma ve Ba sessiz bir şekilde Minli'yi beklemeye devam ettiler. Her ne kadar kendilerine Minli'ye güvendiklerini ve döneceğine inandıklarını söyleseler de Ma zamanının çoğunu camdan dışarı bakıp düşünceler içinde kaybolarak geçiriyordu. Ba ise her geçen gün daha çok yaşlanıyor ve saçları beyazlıyordu. Sadece akşam olup da Ba'nın zamanın çabuk geçmesi için masal anlattığı saatlerde huzur bulabiliyorlardı. Ba'nın masallarını dinlerken Minli'nin de onlarla birlikte olduğunu hayal edip kendilerini avutuyorlardı. Bir akşam ay, gökyüzünü âdeta kapladığında Ma, "Kocacım, bu gece ben sana bir masal anlatacağım." dedi.

Ba oldukça şaşırmıştı ama yine de başıyla karısını onayladı.

MA'NIN ANLATTIĞI MASAL

Bir zamanlar nazik bir eşi ve güzel bir kızı olan bir kadın vardı. Evlerinin hemen yanındaki büyük dağ, yaşadıkları toprakları çoraklaştırır, evleriniyse küçük gösterirdi. Ancak her zaman yeterli yiyecekleri oldu, en sıcak aylarda bile su akmaya devam etti ve soğuk gecelerde yakacak ateşleri hep vardı. Yine de kadın memnun değildi.

Kadın verimsiz dağa ve çorak topraklara lanet etti, pirinçten ibaret yemeğini umutsuzca yedi. Giysilerinin sıradan kumaşına surat astı ve evlerinin küçük odalarına bakarak sıkıntıyla iç geçirdi.

Her gün söylendi. Altın ve yeşim taşıyla ilgili masallar duyduğunda içi kıskançlıkla doldu. "Neden bizim hiçbir şeyimiz yok?" Hayal kırıklığıyla surat astı. "Bizim hiç hazinemiz yok, şansımız yok. Neden bu kadar fakiriz?"

Eşi ve kızı her gün daha çok çalıştı, evlerine bolluk ve refah getirebilmeyi umut ettiler. Ancak zalim topraklar onlarla iş birliği yapmadı. Ev küçücük, giysileri sıradan kalmaya devam etti ve ancak üçüne yetecek kadar pirinçleri vardı. Kadın da hâlâ mutsuzdu. Memnuniyetsizliği kontrolsüz ve karmaşık otlar gibi günden güne büyüdü.

Sonunda gitgide büyüyen bu mutsuzluğa dayanamayan kızı gecenin bir yarısı sessizce ortadan kayboldu. Ailesine şans ve zenginlik getirmeden geri dönmeyeceğine söz vererek hem de.

Ve kadın ancak o zaman ne kadar yanlış davrandığını anladı. Çünkü kızı olmadan ev gözüne çok boş gelmeye başlamıştı. Günler yalnızlık, korku ve endişeyle geçtikçe kadın bencilliği ve yanlış davranışı için kendine lanet etti. Oysa ne kadar da şanslıydı! Sonunda kızının kahkahalarının ve sevgisinin en iyi giysiler ya da mücevherlerin varlığıyla çoğalmayacağını görmüştü. Birlikteyken sahip oldukları mutluluk açılmayı bekleyen bir hediye paketi gibiydi. Gözyaşlarını akıttığı hâlde bir türlü rahatlayamamıştı. Ailesi bir aradayken aslında en değerli hazineye sahipti.

Artık daha bilge olan kadının elinden kocasına gidip davranışları için özür dilemekten ve aynı şeyi bir gün kızına da yapabilmeyi umut etmekten başka bir şey gelmiyordu. Kocasının ve kızının onu affedip eskisi gibi sevip sevmeyeceğini bilmiyordu ama beklemeye yemin etti. Gerekirse onlara gölge yapan dağ gibi bekleyecekti.

Ma hikâyesini bitirir bitirmez Ba'nın ayaklarının dibine oturdu ve bir çocuk gibi başını kocasının dizlerine bıraktı.

"Kocacım." dedi. "Minli'nin kaçmasının senin hatan olduğunu söylemiştim ama asıl hatalı olan bendim. Suçlanması gereken benim. Minli kaderimiz yüzünden mutsuz olduğumu biliyordu, öyle davranmasaydım gitmezdi. Çok üzgünüm."

Ba ne diyeceğini bilemedi. Gökyüzünde ay o kadar büyüktü ki, patlayacakmış gibi duruyordu, Ba'nın gözleri doldu. Elini nazikçe Ma'nın başına koydu.

"Ah, güzel." dedi balık. "Yakınınızdakileri mutlu ederseniz, uzaktakiler daha da çabuk döner."

Ma birden başını kaldırdı. Önce balığa sonra da Ba'ya baktı, şaşkınlıktan gözleri irileşmişti.

"Balık bir şey mi söyledi?" diye sordu.

45. BÖLÜM

Ejderha bekliyordu. Sabah oldu, sonra akşam, sonra yine sabah... ama o köprünün dibinden ayrılmadı. Her gece yıldızlar siyah taşın üzerine düşen kar taneleri gibi gökyüzünü doldurdu ve güneşin çıkmasıyla eriyerek kayboldu. Güneş yükseldiğinde kırmızı ipten köprü sanki havada gözden kaybolup yok oldu ve kendini sadece gece olduğunda gösterdi. Gümüş sisin içinden keskin bir rüzgâr esti, soğuk kayalar sert ve acımasızdı. Ve ejderha beklemeye devam etti.

Ancak üçüncü gece ay gökyüzünden yere doğru süzülmeye başladığı sırada ejderha köprünün üzerinde silik bir figür gördü. Ejderha neşeli bir kükremeyle havaya zıpladı ve figür daha da belirgin bir hâl aldı. Bu Minli'ydi!

"Geri döndün!" diye bağırdı ejderha. "Onu gördün mü? Ay'ın Yaşlı Adamı'na benim sorumu sordun mu?"

"Evet, evet." diye güldü Minli, ejderhaya sarılırken. "Ona sordum. Ve o da cevap verdi. Yani biliyorum, biliyorum! Nasıl uçabileceğini biliyorum!"

"Nasıl?" diye sordu Ejderha.

Minli, ejderhanın sırtına tırmandı. Her iki eliyle birden ejderhanın başının üzerindeki taştan topa sarıldı.

"Derin bir nefes al." dedi ve tüm gücüyle topu Ejderha'nın kafasından çekip çıkardı.

"Ah!" diye acıyla bağırdı ejderha. Ama ardından gülümsemeye başladı. "Kendimi çok hafiflemiş hissediyorum. Çok hafif ve huzurlu." dedi.

"Ay'ın Yaşlı Adamı top başından çıkarılmadan uçamayacağını söyledi." dedi Minli. "Sana ağırlık yapıyormuş."

"Yapıyordu!" diye güldü ejderha ve havaya yükselmesiyle birlikte Minli boynuna sıkı sıkı tutundu. Rüzgâr da onların neşeli çığlıklarına katılmış gibiydi ve ejderha ilk kez uçarken onları gökyüzünde sürüklüyordu. Gümüş bulutlar onları kucakladı ve ejderha aralarından geçerken ona yol verdiler. Ay yumuşak bir ışıkla onlara gülümsüyormuş gibi göründü. Yıldızların arasından kayıp giderken Minli gözlerini kapadı.

Yere inince ejderha, Minli'ye, "Sen ne yaptın? Yaşlı Adam kaderini nasıl değiştireceğini söyledi mi?" diye sordu.

Minli sessiz kaldı. Ejderha ne olduğunu anlamak için Minli'ye baktı.

"Ne oldu?" diye sordu. "Sana söylemedi mi?"

"Sormadım." dedi Minli. "Tek bir soru sorma hakkım vardı."

"Ne?" diye bağırdı ejderha. "Ama öğrenmeliydin! Bunca yolu bunun için geldin. Yeniden oraya uçacağız ve sen de sorunu soracaksın."

Minli itiraz etme fırsatı bulamadan kırmızı ip köprüden sesler gelmeye başladı. O tarafa döndüklerinde bambu çubuklar geride köprü üzerinde çirkin kesikler bırakarak koptu. Köprü onu destekleyen bambu çubukların vahşice tıkırdamasıyla sanki yukarı çekiliyormuş gibi karanlıkta sürüklendi.

"Ay'ın Yaşlı Adamı, beni bir daha görmeyecek." dedi Minli. "Doksan dokuz yıl daha kimsenin sorusuna cevap vermeyecek.

"Ama sen..." Ejderha kekeledi. "Kaderin, ailen..."

"Sorun değil." diye karşılık verdi Minli. "Seçme zamanı geldiğinde birden soru sormaya ihtiyacım olmadığını fark ettim."

"İhtiyacın yok mu?"

"Hayır, yok." dedi Minli ve birden zihni anılarla doldu. Sığırı Olan Çocuk'un parayı geri çevirdiği zamanki kahkahasını duydu, kralın aile servetini paylaşırkenki cömert gülümsemesini gördü ve Da-A-Fu'nun son sözlerini hatırladı.

"Neden kaderimizi değiştirmek isteyelim ki!" demişlerdi. O an kafası karışmıştı ama şimdi sonunda Minli her şeyi anlıyordu. Zenginlik bir ev dolusu altın ve yeşim taşından çok daha farklı bir şeydi. Aslında sahip olduğu ve değiştirmeye ihtiyacı olmayan bir şey. "Soruyu sormadım." dedi Minli tekrar ve gülümsedi. "Çünkü cevabını öğrenmeye ihtiyacım yok."

46. BÖLÜM

Aydınlanan gökyüzüyle birlikte ayın rengi de solmaya başlamıştı. Güneş doğmak üzereydi ve Minli olabildiğince çabuk eve dönmek istiyordu. Üç gün, üç gece Minli'yi bekleyen ejderha iyice dinlenmişti, böylece Doruklara Uzanan Dağ'dan ayrılmaya karar verdiler.

Ejderha gökyüzünde süzülürken Minli'nin içinde hiç kuşku kalmamıştı. Ejderha havada dans ediyor gibiydi ve mutluluğu Minli'nin çevresindeki bulutlar kadar hafiflemesine neden olmuştu. Güneş kalbini ısıtıyor ve içinde neşe dalgaları yükseliyordu. Doğru soruyu sorduğunu biliyordu.

Ayrılmadan önce Minli ve ejderha Ay Yağmuru Köyü'nün üzerinden geçtiler. Da-A-Fu, Amah, A-Gong ve diğer köylüler onları görüp taş kulübelerinden dışarı koştular ve üzerlerinde yırtık pırtık giysileriyle onlara el salladılar. "Sakın durmayın." diye bağırdı Amah yüzünde geniş bir gülümsemeyle. "Eve gidin!" Minli, onu başıyla onayladı ve çiçekli ağaçlar dağın üzerindeki altın fırça darbeleri gibi görünene dek onlara el salladı.

Ejderhayla uçmak yolculuğu hızlandırmıştı. Neredeyse Parlak Ay Işığı Şehri'ne varmışlardı bile. Gökyüzünden baktıklarında İç ve Dış şehrin duvarları dev bir labirent gibi görünüyordu. Geçitteki iki taş muhafızsa kilden yapılmış iki köpek biblosundan farksızdı. Minli, Sığırı Olan Çocuk'un yıkık dökük kulübesinin çatısını gördü, ama çocuktan eser yoktu. Büyük bir olasılıkla içeride uyuyordur, diye düşündü ve önceki gece Dokuma Tanrıçası'nın çocuğu ziyaret edip etmediğini merak etti.

Ancak şehrin yanındaki nehrin üzerinden geçerlerken Minli tuhaf bir şey gördü. Sanki gökyüzünde hızla giden turuncu bir gölge vardı. Ejderha da aynı şeyi gördü ve yavaşladı. Yakınlaştıkça yanılmadıklarını gördüler. Bu başka bir ejderhaydı!

Ejderha olgun bir mangonun içi kadar turuncuydu. Minli ve ajderhayı gördüğünde yüzüne çapkın bir gülümseme yayıldı.

Ejderha garip bir sesle, "Merhaba." diyebildi. Minli, ona şaşkınlıkla baktı.

Ancak turuncu ejderha tek kelime etmeden uçmaya devam etti. Yanlarından geçerken onlara göz kırptı. Ejderha sersemleyerek havada dengesini kaybetti. Ejderha, turuncu ejderhayı altlarındaki nehirde küçük bir nokta olana dek izlemeye devam etti.

"İyi misin?" diye sordu Minli, o bakmaya devam ederken. "Sonunda başka bir ejderha gördüğün için heyecanlanmış olmalısın."

"Evet." dedi ejderha büyülenmiş bir hâlde. Sonra ayılmak istercesine kendisini sarstı. "O dişi ejderhayı sonra bulacağım. Önce seni evine götüreyim."

Minli omuz silkti. Ejderha tuhaf davranıyordu. Ancak turuncu ejderhayla ilgili tanıdık gelen bir şeyler vardı. Belki de pullarının güneşte sudaki balık pulları gibi parlaması, o tanıdık gözler ve Minli'yi tanıyormuş gibi başını sallaması... Minli gülümsedi.

Saatler geçti ve aşağısı bulanıklaştı. Minli'nin uykusu gelmişti ve ejderhanın yumuşak uçuşu uyumasını kolaylaştırıyordu. Minli bu kadar uzağa yolculuk yapmış olmalarından ve bu kadar hızlı döndükleri için etkilenmişti. Şeftali ormanını gördüklerinde güneş ufuk çizgisini henüz yeni geçmişti. Şeftali ağaçları onlar üzerlerinden geçerken sanki onları karşılıyordu. Minli bir an için maymunları hâlâ pirinç tenceresinin ağına takılı olarak düşündü.

Ancak ejderha tuhaf davranmaya devam ediyordu. Pembe ve turuncu renklerdeki gün batımını siyah zirvesiyle kesen Verimsiz Dağ ortaya çıktığında, ejderha neredeyse uçmayı bıraktı.

Minli'ye, "Bu dağ da ne?" diye sordu.

"Bu Verimsiz Dağ." dedi Minli. "Onun hemen ötesinde Yeşim Nehri ve benim evim var."

Ejderha kendi kendine, "Verimsiz Dağ." diye tekrar etti. Her ne kadar uçmaya devam etse de sersemlemiş gibiydi. Minli uçmanın onun başını döndürmüş olabileceğinden endişelendi. Ancak merakı ejderhayla ilgili endişelerinin önüne geçiyordu. Gece olmak üzereydi ve Verimsiz Dağ'ın karanlık çizgileri gölgeli gökyüzünde yavaş yavaş siliniyordu. Minli her an Yeşim Nehri'ne ve Verimsiz Dağ'a daha çok yaklaştığını biliyordu. Sonunda evindeydi!

Ancak Verimsiz Dağ'a ulaşmalarıyla birlikte ejderha birden durdu. Yavaşça Verimsiz Dağ'a, uzun zaman önce Minli'nin pusulasını yapmak için taş topladığı yere kondu.

"Burası Verimsiz Dağ." dedi ejderha ve Minli, ona baktı. Ejderha kesinlikle normal davranmıyordu.

"Evet." diye karşılık verdi Minli az da olsa şaşkınlıkla. "Benim köyüm biraz ileride. İstersen buradan sonrasını yürüyebilirim."

"Senin için sorun olur mu?" diye sordu ejderha. "Bazı nedenlerden dolayı, buradan ayrılmak istemediğimi hissediyorum."

"Hayır, sorun değil." dedi Minli. "Sen iyi misin?"

Ejderha, ona baktı ve gülümsedi. "Evet." dedi. "Tuhaf ama kendimi evimde gibi hissediyorum."

Minli kafası karışmış bir hâlde alnını kırıştırdı, ancak eve ve ailesine kavuşmak için başka soru soramayacak kadar sabırsızdı. Vedalaşmak için ejderhaya sarıldı. O da sıcak bir kucaklaşmayla karşılık verdi, ama Minli, onun aklının başka yerde olduğunu anlayabiliyordu. Ejderhanın başından çıkardığı topu uzattı.

"Bunu istiyor musun?"

Topa dalgınlıkla bakan ejderha, "Hayır." diye karşılık verdi. "Sen alabilirsin."

Minli bir kez daha omuz silkti, eve gitme arzusu gitgide artıyordu. Ejderhaya el salladı ve köye doğru koşmaya başladı.

Eve vardığında vakit bir hayli geç olmuştu. Uyuklayan köy sessizdi, Minli gizlice eve girdi, onu altın balık karşıladı.

"Hiişt." dedi altın balık. "Annen ve baban uyuyor. Evine hoş geldin."

Minli bir altın balıkla karşılaştığı için biraz şaşırmıştı, ama o da gülümseyerek karşılık verdi. Ay ışığı vurunca küçük odanın içi gümüşi bir renkle parladı. Altın balığın kâsesi de ikinci bir ay gibi görünmüştü. Eski duvarlar ve yıpranmış taşlar, şeffaf ipek bir örtü gibi parıldıyor, yansıyan ışık kusurları kapatıp evi aydınlık ve güzel bir mekâna çeviriyordu. Minli evini hiç bu kadar güzel görmemişti.

Parmaklarının ucuna basarak çantasını ve ejderhanın taşını masaya bırakıp odasına gitti. Gülümseyerek yatağına tırmandı ve uykuya daldı.

47. BÖLÜM

"Minli? Minli!" Ma ve Ba'nın mutluluğu tarif edilemezdi ve Minli daha gözlerini açmadan anne ve babası ona doğru atılmışlardı. Yaşasın! Minli'nin kalbinden neşe ve sevinç taşıyordu! Kralın ejderha bilekliğinden daha değerli Kraliçe Anne'nin bahçesindeki şeftalilerden daha tatlı ve gökyüzünün tanrıçalarından daha güzel! Minli kaderinin ve sahip olduklarının değerini bilerek gülümsedi.

Ma ve Ba, karınları açlıktan guruldayıncaya kadar Minli'yi kollarından ayırmadılar. Ma özel bir kahvaltı hazırlamak için mutfağa koştu, Minli'nin en sevdiği lapayı hazırlamak için kurutulmuş et çıkardı, Ba ise çay yapmak için taze su almaya gitti.

Ama Ba ortadaki odaya geldiğinde Minli ve Ma'nın koşarak yanına gelmesine neden olan boğuluyormuşçasına bir çığlık attı.

"Bu da ne?" diye sordu bir şeyi işaret ederek. Minli, Ba'nın parmağıyla işaret ettiği masanın üzerindeki yoldan getirdiği eşyalara baktı. İpekli çantasının sırmaları güneş ışıklarının odaya dağılmasını sağlarken, balık da neşeyle kavanozunda yüzüyordu.

"Bu bana Parlak Ay Işığı Şehri'nin kralı tarafından verilmiş bir çanta." dedi Minli. "Çok güzel, öyle değil mi?"

"O değil." dedi Ba. "Şu!"

Ve Minli o an Ba'nın ejderhanın kafasından çıkarttığı taş topu işaret ettiğini gördü.

"O sadece bir arkadaşın hediyesi." dedi Minli ve taşı babasına doğru uzattı. Ba taşı saygılı bir şekilde eline aldı, yüzünde büyük bir hayranlık vardı.

"Bu sıradan bir hediye değil." diye fısıldadı. Giysisinin koluyla zarifçe taşın yüzeyini ovdu. Minli'nin de şaşkınlığıyla birlikte, taşın griliği kaybolmaya ve saydam, ışık saçan bir parlaklık ortaya çıkmaya başlamıştı. "Bu bir ejderha incisi."

Minli ve Ma bakakaldı. "Bir ejderha incisi." diye tekrarladı Ma yavaşça. Yere çöktü ve Minli'ye baktı. "Bir ejderha incisi imparatorun tüm serveti kadar değerlidir."

Minli ağzını açtı ancak tek kelime dahi edemeden sokaktan büyük bir gürültü ve bağrışlar duyuldu. Ba hızla ama, dikkatlice ejderha incisini masaya bıraktı ve hep birlikte dışarıda ne olduğunu görmek için koştular.

Ma komşulardan birine, "Neler oluyor?" diye sordu. Köyün tamamı sokağa dökülmüş, ziyafet verildiğini keşfeden bir kuş sürüsü gibi konuşuyor, bağrışıyordu. "Neler oluyor?"

"Verimsiz Dağ!" dedi komşusu. "Verimsiz Dağ yeşeriyor."

"Ne?" dedi Ba.

"Bu doğru! Bu doğru!" diye lafa karıştı bir başka komşu. "Verimsiz Dağ artık meyvesiz değil! Ve Yeşim Nehri de artık temiz ve pırıl pırıl!"

Minli, Ma ve Ba dağa baktılar. Söylenenler doğruydu. Verimsiz Dağ artık tepelerindeki karanlık bir gölge değildi. Gün doğarken dağ da değişmişti. Dağ yemyeşil parlıyordu. Gökyüzünün kendisi de dağı kucaklar gibiydi. Rüzgâr yeni doğan bitkileri besleyici bir meltemle okşadı ve artık mutluluk gözyaşları kadar temiz olan Yeşim Nehri'nin üzerinden esti.

"Bu nasıl olabilir?" diye sordu Ma.

"Yeşim Ejderha yeniden mutlu olmuş olmalı." dedi Ba. "Belki de ejderha çocuklarından biriyle yeniden buluştu."

Ejderha! Minli hızla düşünmeye başladı. Ejderha, Verimsiz Dağ'da kendini evinde hissettiğini söylemişti. Yeşim Ejderha'nın çocuklarından biri olabilir miydi? Ama nasıl?

Ejderha bir resimden; fırçalardan ve mürekkep taşından doğmuştu... Ve beyninde bir yankıyla Minli, Ma'nın yıllar önce Verimsiz Dağ'a gelen bir ressamdan söz edişini hatırladı. Dağdaki kayaları mürekkep taşlarına dönüştürmek için almıştı.

Belki de ejderha, Verimsiz Dağ'dan, Yeşim Ejderha'nın kalbinden alınmış bir mürekkep taşından doğmuştu. Yani belki de Yeşim Ejderha'nın çocuklarından biriydi. Ve onu buraya getirerek Minli, Verimsiz Dağ'ın yeniden yeşermeye başlamasını sağlamıştı.

"Minli!" Sonunda yeşermekte olan dağın şokundan kurtulan bir köylü, Minli'yi gördü. "Geri dönün! Bakın, herkes buraya baksın! Minli geri döndü!"

Komşuların çevrelerine toplanmasıyla Ma iç çekti. Ama bu mutlulukla dolu bir iç çekişti, havada süzülen bir kelebek gibi mutluluğun sesiydi. "Köyümüze şans ve bolluk geldi." dedi Ma gülümseyerek. "Ve bize de."

Minli'ye sevgiyle bakan Ba da, "Evet." dedi. "Ama en büyük zenginliğimiz bize geri dönen hazinemiz."

Minli de onlara gülümsedi. Ve birden Doruklara Uzanan Dağ'a ve sonrasında evine yaptığı yolculuğu düşündü. Minli Ay'ın Yaşlı Adamı'na sorularını soramamış olsa da hepsinin kendiliğinden cevaplandığını fark etti.

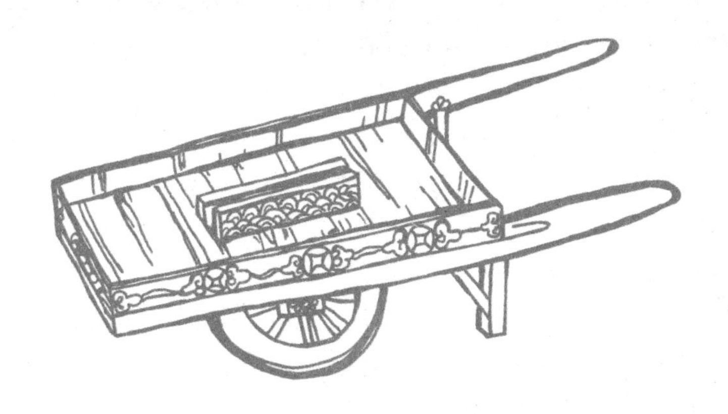

48. BÖLÜM

Altın Balık Satan Adam el arabasını Yeşim Nehri'nin kenarında iterken gözlerini ovuşturdu. Evet, neredeyse gelmişti. Ne kadar zaman olmuştu? İki yıl? Belki de üç. Evet, fakir Verimsiz Dağ köyü biraz ileride olmalı, diye düşündü.

Ama herhâlde yanılıyor olmalıydı. Oraya en son gittiğinde doğanın en göze çarpan özelliği siyah dağ ve âdeta köyün üzerine kasvet gibi çöken gölgesiydi. Oysa artık gökyüzünde karanlık bir siluet yoktu, manzara cennetten alınmış bir resmi andırıyordu. Dev yeşil bir dağ mavi gökyüzüyle uyum içerisinde yükseliyor, güneş batmadan önce son ışıklarını dağın üzerinde gezdiriyordu. Acaba yanlış yola mı sapmıştı?

Gökyüzüne bakarken iki uçan figür dikkatini çekti. Kırmızı ve turuncu, bir ejderha ve onun eşi bulutların arasında eğleniyorlardı... Bir dakika... Ejderha mı? Altın Balık Satan Adam başını şüpheyle iki yana salladı. Gözlerini ovuşturdu ve bir daha baktı. Yukarıda sadece kararmakta olan gökyüzü ve tüyü andıran bulutlar vardı. Hayal görüyor olmalıyım, diye düşündü.

Altın Balık Satan Adam arabasını itmeye devam etti. Kavanozdaki balıklar dalgalanan suyun içinde etraflarını seyrediyorlardı. Parlak renkleri bereketli yeşil toprakların içinde âdeta altın ve yeşim taşı gibi ışıldadı.

Köye girmesiyle Altın Balık Satan Adam bir kez daha doğru yerde olup olmadığından şüphe etti. Yolda düzgün taşlar vardı ve hatırladığı kaba tahta evlerin aksine yolun yanında bazıları özenle işlenmiş pahalı tahta kapılar sıralanmıştı. Dar sokak boyunca arabasını iterken ışıl ışıl parlayan giysili çocuklar âdeta ipek uçurtma festivalindeymiş gibi ona doğru koştu. "Altın balık! Altın balık!" diye bağırdılar. "Anne! Baba! Bir tane alabilir miyiz?"

Büyükler yürüyerek çocuklarının yanına geldi ve anlayışla onlara gülümsediler. Güneş battığı zaman Altın Balık Satan Adam elindeki tüm balıkları satmıştı. Bu kesinlikle daha önce geldiği ve sadece tek bir kızın balık aldığı fakir köy değildi.

Ancak birden Yeşim Nehri yakınlarında yaşayan bir ailenin Parlak Ay Işığı Şehri'nin Kralına inanılmaz bir ejderha incisini hediye edip karşılığında bir şey almayı reddettiği masalı duyduğunu hatırladı. Memnuniyetini göstermek isteyen kral köye tohumlar ve çiftçilik aletleri hediye etmiş; bu hediyeler köye herhangi altın veya mücevherden çok daha fazla zenginlik getirmişti. Belki de burası o köydü.

Altın Balık Satan Adam, pembe ipek bir ceket ve yeşil bir pantolon giyen küçük bir kız çocuğuna, "Ufaklık, buraya, Verimsiz Dağ'a son gelişimde bir çocuk evden kaçmıştı. Ona ne oldu?" diye sordu.

"Buradan mı kaçtı?" diye tekrarlayan kız, adama şüpheyle baktı, bu düşünce ona çok yabancıydı. Ardından durdu ve "Ah, siz Minli'den bahsediyorsunuz! O zamanlar buraya Verimsiz Dağ köyü denirdi. Artık Verimli Dağ köyü deniyor." dedi.

"Evet, Minli." dedi Altın Balık Satan Adam. "Sanırım adı buydu. Ona ne oldu?"

"O ve ailesi biraz ileride yaşıyorlar." Kız eliyle ileriyi işaret etti. "Evlerinin önüne ve arkasına bir avlu inşa ettiler. Kapısında şanslı çocukların resimleri olan geçidin hemen arkasında."

Altın Balık Satan Adam boş arabasını gösterilen yere doğru itti. Kırmızı kapıların her birinin üstünde yuvarlak yüzlü, parlak kırmızı renkli giysileri olan çocuk resimleri asılmıştı. Pembe yanakları ve mutlu gülümsemelerine bakıp da onlara gülümseyerek karşılık vermemek elde değildi. Altın Balık Satan Adam sırıtan bir aslan başını andıran kapı tokmağını kavradığında soldakinin bir kız, sağdakininse bir erkek çocuğu resmi olduğunu fark etti.

Kapı hızla açıldı ve Altın Balık Satan Adam güçlükle tanıyabildiği bir kadınla yüz yüze geldi. Kadın eski bir dost gibi adama sarıldığında bile hâlâ onu hatırlayamamıştı.

"Sen!" dedi kadın, gülümseyerek. "İçeri gel! İçeri gel! Eşim seni gördüğüne çok sevinecek."

Şaşkınlıktan konuşamayan Altın Balık Satan Adam içeri girdi. Bu uzun zaman önce ormanda karşılaştığı öfkeli gözlerle ona bakan anne miydi? Evet, bu gülümseyen, mutlu, üzerinde şeftali renginde çiçekli bir ceketi olan kadınla aynı kişiydi. Adam şaşkınlıkla başını iki yana salladı.

Yukarı baktığında avlunun gökyüzü için âdeta bir kuyu görevi gördüğünü fark etti. Yıldızlar ve gece sanki sonsuzluğa uzanıyordu. Acaba avlu sadece bu nedenle mi inşa edildi, diye merak etti. Evin kafesli kapılarından ışık yayılıyor ve etrafı fener gibi aydınlatıyordu. İşte Ba da orada durmuş, etrafı Altın Balık Satan Adam'ın biraz önce çevresinde toplanan çocuklarla çevrilmişti. Bazı çocuklar yerde, erkek çocuklar, sığırlar, maymunlar ve tavşanlardan oluşan kil oyuncaklarla oynuyorlardı. Ba ise geri kalanlara çay servisi yapıyordu. "Bu çay bizim çok uzaktaki dostlarımızdan geliyor." dedi Ba bir çocuğa fincanı uzatırken. "Buna Ejderha Kuyusu diyorlar..."

"Kocacım." diye seslendi Ma. "Kocacım! Bak burada kim var!"

Altın Balık Satan Adam'ı gören Ba cümlesini yarıda kesti ve yüzüne geniş bir gülümseme yayıldı. "Ah, sevgili dostum!"

Ve o da Ma gibi adama bir fincan çay ikram etmeden önce adamı kucakladı. "Gel." dedi Ba. "Biraz çay al. Karım sana pasta kek ve atıştıracak bir şeyler getirecek."

Altın Balık Satan Adam sonunda şoku üzerinden atıp konuşabildi. "Sizi ve karınızı bu kadar mutlu ve bolluk içinde gördüğüm için çok mutluyum." dedi. "Ben sadece... son karşılaşmamızda... Kızınız nasıl?"

"Minli mi?" diye sordu Ba gülerek ve eliyle evi işaret etti. "Şimdi arka bahçede. O da sizi gördüğüne çok sevinecektir, birazdan yanımızda olur. Bu saatlerde ayı seyretmeyi çok seviyor."

"O hâlde geri döndü, öyle mi?" diye sordu Altın Balık Satan Adam. "Döneceğini biliyordum. Peki, ne oldu?"

"Ah, sevgili dostum." Ba yine gülümsüyordu. "Tam zamanında geldin. Bu çocuklar neden burada sanıyorsun? Her gece buraya gelirler, çünkü masalı tekrar tekrar dinlemek istiyorlar. Minli'nin yolculuğunun ve Doruklara Uzanan Dağ masalı! Gel, otur! Sen de dinleyebilirsin."

Altın Balık Satan Adam taş bir sandalyeye oturdu ve eline güzel kokulu bir fincan çay verildi. Çocuklar gürültüyle Ba'nın etrafında koşuşturuyorlardı, her biri masalı dinlemek için heyecan içinde bekliyordu. Ma, kapıyı açık bıraktı ve Altın Balık Satan Adam kendine engel olamayıp başını içeri doğru uzattı.

Evin içinden arkadaki avluya kadar uzanan her yeri görebiliyordu. Uzakta genç bir kız figürü bir bankın üzerine oturmuştu ve ayağının dibinde de küçük bir balık göledi vardı. Ay ışığı her şeyi altın ve gümüşle yıkamış gibiydi. Balık, inciler gibi parlıyor ve kız da ancak göklerdeki yıldızların sahip olabileceği sihirli bir mutlulukla ışıldıyordu. Ama Minli kesinlikle etrafında olup bitenden habersiz, düşler içinde kaybolmuştu. Puslu ışıkta bile Altın Balık Satan Adam, onun Dağın Ay'la Buluştuğu Yer'e gizlice gülümsediğini görebiliyordu.

YAZARIN NOTU

On bir yaşına geldiğimde Asya kökenli olduğumu tamamen göz ardı etmiştim. Herhangi zorlama kültürel bilginin bende küçümsemeye yol açacağını bilen bilge annem, sessizce yarım düzine Çin halk masalları ve peri masalları kitabını kitaplıkta bıraktı... Yeni bir kitabın çekimine dayanamayarak bu masalları okumaya başladım.

Başlarda hayal kırıklığına uğradım. Çinceden İngilizceye tercüme, hikâyeleri son derece basitleştirmiş, bazı yerlerde de anlaşılmasını güçleştirmişti. Ayrıntılara ya da tanımlamalara nadiren rastlıyordum ve sade illüstrasyonlar en basit kelimeyle tarif edilebilirdi.

Ancak zamanla bu kusurları görmezden gelmeye başladım. Bu hâlde bile hikâyelerin kendilerine has bir büyüsü vardı. Ve ben hikâyelere kendi ayrıntılarımı eklemeye başladım. Hayal gücüm hanedanları ve tarihi unsurları hiçe sayarken; ben hikâyeleri kendi simgelerim ve fantastik dünyamla doldurdum.

Zamanla kökenimle barışmaya başladım. Hong-Kong, Tayvan ve Çin'i ziyaret ettim ve kendimi bu şehirlerin enginliklerinde dinlendirdim. Okuduğum ve hayal ettiğim hikâyeler yeniden canlanmaya başlamıştı. Ama benim Asya-Amerika hassasiyetimle çınlayan hikâyeler yine karmaşık olmaya başlamıştı. Kendimi Çin'in geleneksel ahenkli kelime oyunlarıyla neşelenirken buluyor ama onları İngilizce tasarlıyordum. Tek cümlelik efsanelerden temalar uydurdum, tarif edilemez efsanevi karakterler için bir geçmiş yarattım ve gerçek yaşamın kültürel sınırlamalarından bağımsız, cesur bir kahraman olan Çinli bir kızı betimledim.

Ve işte tüm bunlar *Dağın Ay'la Buluştuğu Yer*'i oluşturan hikâyeler ve karakterler. Bu kitapta yer alan hikâyeler, beni gençliğimde büyüleyen Çin halk masallarından ve yetişkinlik yıllarımda kendine hayran bırakan topraklar ve kültürden ilham alınarak anlatılmış bir hayal. Umarım siz de hikâyede esrarengiz bir şey ler bulursunuz.